바람 따라 세월 따라

바람 따라 세월 따라

전상렬 시선집

문학세계사

II *1969~1971*

『신록서정新綠序情』『불로동不老童』『낙동강』

III 1977~1986

『생선가게』 『수묵화水墨畫 연습』 『세월의 징검다리』

IV 1990~1999

『시절단장時節斷章』| 『보이지 않는 힘』| 『아직도 나는』

〈일러두기〉

- 시인의 탄신 100주년을 맞아 100편의 시를 선정해 실었다.
- 원문과 달리 한자를 한글로 고친 경우가 적지 않다.
- 한자를 쓰는 경우에도 한글과 병기했다.
- 표기를 현재의 맞춤법으로 고친 경우도 있다.

I

1950~1965

『피리 소리』
『백의제白衣祭』
『하오 한 시』
『생성의 의미』

봄·여름·가을·겨울

1
가랑비 날려
잔디의 속잎이
새 수를 놓을 때
처마 끝에
강남江南 얘기가
주렁 주렁

2
찔레나무 가시에
생채기 난 아픔
버들잎 따 물고
울어 울어 본다

3
새빨갛게 타오르는 입술로
석류는
정열의 시를 하늘에 보내고 있다

4
항아리 터져라
내 가슴에 부푸는
얼음

──『피리 소리』(1950, 철야당)

봄빛

눈을 부빈다
기지개를 켠다
하품을 한다
가물가물 움직인다
뾰족뾰족 돋는다
생긋 웃는다
활짝 핀다
아아, 봄
동경, 희망, 연애
아름다운 꿈을 싣고 오는 수줍고 순결한
처녀
굳세고 씩씩한
청년

―『피리 소리』(1950, 철야당)

12

고향길

백수문白首文 다 읽고
책거리 하던 날
엄마는 떡 이고
아부지는 술 지고
웃으며 가셨다는 길

누군가 그 애와 함께
도깨비불 보고 달아나던 길

비 오고 갠 날
청비랑에 별똥 주으려 가던 그 길

그래 그 길가
느티나무에서 부엉이가 울던 밤
먼 장에 가신 아부지 마중 가던 길

태고太古같이 적적한 이 밤
너 위를 거니는 내 마음
소녀와 같구나

―『피리 소리』(1950, 철야당)

단장斷章

1
옥기와 어느게뇨
돌아 돌아 보아도
이끼만 푸르구나

2
돌이라 대竹라
다툴 게 뭐냐
임은 가오시고
옥적玉笛 홀로 남았거던

3
흥망이 덧없고
영고는 간데없다
인정아 너나 한껏 울어라

4
지금은 늙어서 늙어서
그리운 별들과
사랑할 수 없다지

5
오월 훈풍에
냉이꽃 피었건만
가신 임 어이 못 오시나요

―『피리 소리』(1950, 철야당)

우시장牛市場

장날 우시장에
많은 소들이 몰려나왔다
누런 소, 검정 소,
암소, 황소 그리고 송아지,
살진 놈, 야윈 놈,
가지각색이다
송아지는 뛰고
황소는 고함치고
서로 싸우기도 한다

이때
한 사람의 도우탄屠牛坦이
우시장에 들어선다

나도 운명에 끌려다니는 소
언제 그의 손에 팔려 갈는지
날짜도 모르면서

—『피리 소리』(1950, 철야당)

맏아들

출세의 면허장이 없습니다
그저 소박한 가족을 싣고
인생의 거리를 돌아가는
서투른 운전수올시다

문명의 이기가 아니올시다
초라한 초가삼간의
나는 맏아들이올시다

약속과 독촉을 강요하는
경쟁이 끝나는 날
새까만 지도 그 어느 좌표에
나의 무덤은 기다리는 것입니다

출세의 면허장이 없는
서투런 운전수올시다.
그저 인생을 달리는
아버지의 맏아들이올시다

——『백의제白衣祭』(1956, 자유문화사)

천륜天倫

문풍지가 울면
죄없이 떨리는 밤

담요를 몇 번이나 다독거리곤
어린 목숨 위에 손을 모으면
더 없는 얼굴이 하도 고와
정작 서러운 가슴

헌 옷가지 꿰매는 질화로 속에
아내의 알뜰한 믿음이 피어나고

이밤사
아버지 나는
뚫어져라 창을 지키고
어둠과 광명을 수없이 되풀이하고

등잔에 사랑을 태우고 가신
어머님 환영을 본다

아 아,

사랑과 은혜 속에
천륜은 가시지 않았다

─『백의제白衣祭』(1956, 자유문화사)

오월의 목장으로

그곳 오월이 우리를 위해 마련해 둔 녹색 침대에 누워
아무런 마음 켕길 일 없이
그저 오고 가는
산마루의 흰 구름을 보다가 그대로
잠이 들어도 좋지 않습니까.

행여 햇볕이 따갑게 우릴 깨우면
가만히 일어나
나무 그늘로 가면 되지 않습니까.
거기에는 새로 돋은 잎사귀 사이를
왔다 가는
작은 새들의 노래가 있습니다.

아쉬울 건 하나도 없습니다.
배가 고프면
아름답고 상냥한 당신을 닮은
마음씨 하얀 양의 젖을 먹지요.
목을 촉촉이 축일 샘물은 없을 줄 압니까.

그저 좀 심심하다면

인형이 없다는 게지요.
그렇지만 그건 아무것도 아닙니다.
정 심심하시면
나와 함께 춤이라도 추시지요.
목동이 피리를 불어주지 않겠습니까.
뭐 바다의 진주가 꼭 탐나십니까.
진주보다 고운 꽃들이

얼마든지 피어 있지 않습니까.
당신이 원하신다면 꽃다발도 만들 수 있고
당신의 가슴에 길이 피어날 꽃씨도 받을 수 있습니다.

자아, 어떻습니까.
신록의 향기 한없이 밀려오는
그 싱푸른 목장의 숲으로 가지 않으렵니까.
거기서 해가 저물어도 좋지 않습니까.
양 떼도 목동도 다 돌아가 버린 황혼 속에
죄 많고 괴롭던 그 날들을 묻어버리고
다시 우리들의 영광을 찬미해주는
달님이 오실 때까지

그대와 나는

─『백의제白衣祭』(1956, 자유문화사)

　1955년 조선일보 신춘문예 입선작

자화상 自畵像

어느 시공時空의 원점에서 내가 났다.
어느 시공의 원점에서 내가 산다.

숱한 포물선을 그리고
못생긴 한 덩이 모과 같은 것
그것은 안으로 비낀 나의 영상
그것은 겉으로 모양 한 나의 심혼心魂
의미의 선은 찌푸린 표정이 되고
의미의 선線은 어두운 그늘이 되고
마그마MAGMA가 내뿜던 화구火口에
다시 파도가 이는데
모과는 모과대로 익는 그것은
나의 나다.

어느 시공의 원점에서 내가 났듯이
어느 시공의 원점에서 내가 간다.

—『하오 한 시』(1959, 보문사)

백의제 白衣祭

아이야
촛불을 밝히고
향로에 불을 피워라.
그리고 필연筆硯을 내어 오너라.
신 앞에 경건한 축문祝文을 쓰자.

아이야
저어 드높은 하늘 아래
줄기줄기 뻗는 산맥
대대로 이어온 골짜기에
깃들인 인가
하얀 옷
따뜻한 인정
이 모두가 우리의 것이니
깨끗한 바람과 맑은 물
고요한 동산의 향기며
어여쁜 눈짓
수줍은 웃음이 모두 우리의 것이고
이어진 전선이며
쇠망치 소리

분주한 거리 거리
빛나는 진열장
이 모든 것이 다 우리의 것이니.
이것은 신이 우리에게 주신 것이다.

아이야
이 밖에 또
창을 열어 보아라.
그 하늘에 반짝이는 무수한 성좌星座
그 많은 별을 하나하나 따보고 싶지 않느냐.
그러한 이상理想 빛나는 이상도 있고
창창한 바다 물결 그
푸른 바닷속에 헤엄치는 어족魚族
너르고 깊은 바다의 품속에
마음껏 누리는 자유 그러한 자유도 있고
이 밤의 고요처럼
오늘 아침에 갑자기 객혈로 넘어졌다는
침략자의 죽음, 주검같이 고요한 평화
그러한 평화도 있단다.

아이야
너 아비처럼 불행한 인간에게는
거기 또한 신이 계시나니
으르렁거리는 짐승들과
파닥거리는 숨소리
미쳐 날뛰는 구름과
기약 없는 어둠 같은 것
그러한 것을 주시느니라.

아버지
그 밖에는 또 무엇을 더 받을 수가 있습니까.

아이야
너의 바른손을 왼편 젖가슴에 대어보아라.
깃발처럼 펄렁이는 심장이 뛰느냐.
그것이다 살아 있다는 그것이다.
이 땅에 살기를 허락받은
다시 억만 광년을 두고
억조창생 살아남을 여기 이 땅은
너희들의 것이다.

아이야
두 손을 모으고 공손히 절을 하자.

—『백의제白衣祭』(1956, 자유문화사)

백지白紙

긴긴밤을 헤매어도 찾을 길 없는 그런 것을 알아내는
융숭한 생각이며
영겁永劫을 두고 사라지지 않을 향기 어디 꽃이라도
더할 수 없는
맵디매운 말씨가 투명한 수정으로 만든 붓끝에
줄줄 흘러내리는 그런 글
훌륭한 시를 쓰잔다.

그 밖에 또
울타리에 피어오르는 인정 같은 것
복된 향연에 넘쳐흐르는 웃음의 파문
그런 것을 그리자.
태고적부터 있어 온 사람이란, 사람 그 모든 사람 가
운데에서 가장 어여쁜 사람
그리고 미지의 거리를 활보하는 인간들 그 많은 사람
들 가운데에서 가장 멋진 사람
그런 그림을 그리자.

그 밖에 또
안팎으로 마구 까만 칠을 마음 내키는 대로 아주 까맣게

새까맣게 칠해버리고 그 위
은가루를 뿌려 밤하늘을 만들고
반짝이는 별들과 사랑의 눈짓을 익히면
나의 꿈은 나비 되어 훨훨 허공을 날고
까만 넥타이를 접어 목에 두르면 불란서 사람보다 훨
씬 착해지려니
그런 나비넥타이를 접기나 하잔다.

──『백의제白衣祭』(1956, 자유문화사)

생일날

한복차림으로 거울 앞에 서면
아직도 새파란 새 신랑인데
─삼신 할매 묵고 자고 묵고 자고
오늘이 서른여섯 돌

불을 밝히던 그 밤과
동상례東床禮 추억은 환히 꽃피는데
─새댁도 늙었네
아들이 삼 형제 딸이 하나

누워도 앉아도 웃는다는 내 소녀들
무명 두루마기 어울리지 않는다고
강당이 떠나가는데
팔려 간 등 너머 밭과
올올이 새겨둔 울 엄마 정성을 어이 알까마는
효자연孝子然 어리석은 나는 맏잡이

목숨의 비밀은 모른다. 아무도 모른다.
내일에 행하는 믿음이
아기가 나를 닮았다고 한다.

수염이나 기르고 좋은 아버지 나는
그저 살아가는 즐거움이 있다 행복이 있다.

—『하오 한 시』(1959, 보문사)

하오 한 시

하나의 화학변화일지도 몰라
어쩌면 신의 뜻이라 해 두자.
목숨 이전의 자정에서
고고呱呱의 아침을 거쳐
태양은 시방 작열하는 대낮
하오 한 시
방장 불을 뿜는 가슴, 가슴

사실이지 인생은 고되고 외롭고 슬픈 것이라 하지만
목숨이란 얼마나 엄숙한 것이며
삶이란 얼마나 거룩한 것이냐.
살고 있다는 것 그것은 참으로 아름다운 것이 된다.
낙조落照와 더불어 모두 가야 하는데 가면 그뿐
영원히 가버리는 것이다.

지금은 하오 한 시
인생은 하오부터다.
청춘이 주렁주렁 익어가는 사랑의 열매를
신명 나게 거두어들이는
멋진 삶은 이제부터다.

어느 눈이 하얗게 내린 원야의 노을 속에
마지막 타버릴 목숨이여, 헤어질 사람들이여!

―『하오 한 시』(1959, 보문사)

하늘과 바람과 구름

그늘이 더 좋은 계절이 오면
소녀들이 자주 찾아온다.

용두산 부근을 산책하면서
저승에 가서도 이렇게 거닐 것인가 생각해 본다.

하늘은 너무도 푸르기에 차라리 때 묻기 쉬운데
광명원 앞 풀밭에 다리를 뻗고
"선생님 이젠 전쟁이 끝났죠" 한다.

눈을 감으면
액체가 고체로 고체가 기체로
승화하는 목숨과 엉기어가는 생명들.
무너지는 가치와 펼쳐지는 상상 앞에
영원히 벗어날 수 없다.

다가서는 모양들을 지우면서
'하늘과 바람과 구름을 나느냐'고 했다.

—『하오 한 시』(1959, 보문사)

수류촌 水流村

동으로 길게 강물 흐르고
고목이 둘러선 마을.

흙담집 소년이 동장이네
동장이 돌아간 골목에 파란 연기 오르고
박꽃이 하이얀 지붕 그 너머 대숲이 예로 푸르구나.

그늘진 방앗간에 낯선 새댁이
순색 감정으로 웃고
반색하는 할멈
살평상에 앉으라네.
범벅 쑨다 먹고 가라네.

어쩌면 호박같이 늙은 이 할멈은
꼭 우리 할매 같아

가슴에 긴 강물
오래 잊어버린 인정이
이 할멈의 손주가 되어버리면
인생은 영 외롭지 않다.

―『하오 한 시』(1959, 보문사)

오월은 나에게

1
햇살이 쏟아진다
간들어지게 웃어대는 아침을 가면
장미는 장미색으로 모란은 모란색으로
감나무는 감나무대로 우쭐거리고
나생이 꽃이며 클로버가 깔린 언덕길에 서서
이리도 푸른 하늘을 우러러 내가 산다

2
바람이 실어오는 향기 푸른 향기
보리 물결, 꽃냄새
그대와 더불어 숲으로 가자
소근대는 소리 잎사귀 소리
그늘이 주는 고요에서
사랑하는 사람아
마구 떨어지는 꽃보라를 생각하자

3
수양버들이 연하게 그네질하는 강변
장다리 밭을 지나 포플러 숲을 지나

금모래를 걷자
오래지 않아 지워질 자국 발자국
끝없이 흘러가는 물 위에 이는 구름
한없이 돌아가고 한없이 솟아나는
비밀, 목숨의 비밀을 듣자

　4
감꽃이 피고 감꽃이 지는 밤
이렇게 달을 지키고 앉았음은
헐떡이며 넘는 고개, 보릿고개
풋나물 캐어 먹고 풀뿌리로 돌아갈 사람들아
오월이 주는 것 녹색
정녕 우리는 살아있는 것이 아닌가

—『하오 한 시』(1959, 보문사)

혜무惠撫

산 그늘 바위에 앉아
소복이 쓸어온 씨앗은
해가 준 것이라 한다.
바람이 준 것이라 한다

시방 시간과 공간의 질량質量을 잊고
고이 잠든 이 영혼과 육체는
모체에서 찢어져 갈라진
또 하나의 어머니

안으로 안으로 숨 쉬는 소리와
물결무늬로 번져가는 빛깔과

알 수 없는 인연으로 하여
베푸는 은혜와 어루만지는
목숨의 비밀은

있어도 없고
없어도 있는
모양, 이름들

아 아, 호호浩浩한 대기大氣 속에
다시 섰을 몸짓이여,
쏟아질 햇살이여!

—『생성의 의미』(1965, 무하문화사)

생성의 의미

어느 날의 섭리로 뿌려진 씨앗이
이만큼이나 꽃나무로 자라난 역사
그것은 결코 우연은 아니다.

그게 우연이고 아니고 간에
인연하여 결합한 목숨과 목숨이
또 여러 목숨으로 분리해가는 그것은
천연한 순리 때문만도 아니다.

목숨 이전의 유암幽暗한 시간에서
불꽃으로 태우는 햇살의 애무와
그칠 줄 모르는 강물의 소망으로 하여
이렇게 바람 속에 출렁이고 있는 게 아닐까.

깡마른 이미지에 가랑비가 내리면
저마다 깊은 안에서 싹이 터야 할 꽃나무
그것은 결코 기적은 아니다.

그게 기적이든 아니든 간에
있어 온 원래의 모양과 모양이 또

여러 형상으로 바뀌어가는 그것은
자연한 질서 때문만도 아니다.

무한에서 무한으로 세월을 뚫고
쉼 없이 가꾸어가는 표상의 혼이며
단단한 껍질의 밀도에서 꽃피는 자세로
귀중한 것은 희생 때문에 멸하지 않는 일이다.

씨를 뿌리자 먼 세월의 영토에
어버이들 순순히 가고 없듯이 나도 가고
역사는 뭐라고 기록할 것이지마는
그것은 결코 망각은 아니다.

꽃씨를 받아 간 누구와 누구가 또
다른 아무에게 전하든 간에
먼 그날에도 창생蒼生할 나의 운잉雲仍은
다시 바람 속에 출렁거리고 있을 게 아닌가.

—『생성의 의미』(1965, 무하문화사)

고목과 강물

강 따라 물이 흐르고
물 따라 강이 흐른다.

물 흐르듯 흐르는 세월 기슭에
저마치 고목이 서 있고
바람 따라 세월이 가고
세월 따라 바람이 흐른다.

넘어 치는 강바람에
잎은 물나부리로 출렁거렸고
세월에 발돋움했지마는
애 말라 속이 썩은 둥치

원으로 겹겹 파문져가는 나이에
안으로 묵묵 인고忍苦가 그대로 긴 사연이고
하늘은 온갖 모양으로 바뀌어도
바다로 가는 마음이 그대로 그것 아닌가.

안개와 구름과
하늘빛 물색

강물은 저렇게 흐르는 것이고
고목은 저만치 서서만 있고

바람 따라 세월이 가고
세월 따라 바람이 흐른다.

—『생성의 의미』(1965, 무하문화사). 대구 월광수변공원 시비의 시

영零의 선상에서

영에서 영으로 돌아가는
영의 선상에서
영의 의미를 반추하는
내 정신의 기점 또한 영零이 아닌가

무無보다 많을 수도
무보다 적을 수도
영은 무한히 신축하는
내 혼이 깨닫는 조화의 원시

시작도 가도 없는 공간
어느 원점에서
수없이 그리는 포물선이
알고 보면 영에 그냥 있듯이

쉼 없이 생멸하는 시간 속에
끝없이 윤회하는
모양 이름들이
실상은 영이 아닌가

인연하여 왔다 가는
출발이 영이듯이
종착도 그런 것
영은 내 혼의 영원한 오늘

—『생성의 의미』(1965, 무하문화사)

천고千古의 샘

긴 역사의 두레박을 타고
천고의 샘을 퍼 올리는 이 밤
청사초롱 불 밝히고 경건한 기도를 드리는 나는
분명, 20세기 후반에 살아남은 신라의 고인古人
뜨거운 가슴에 흐르는 면면한 얼이
목말라 자꾸 마시는
아 아, 신라 혼이여!

높고 엄숙한 조상의 품에 안기어 이 밤
나는 어엿이 명산대천名山大川을 노니던 화랑의 후옌데
가슴에 귀를 모으면 가늘히 들리는 소리
꽃바람 타고 오는
옥피리 가얏고 소리 어여쁜 궁녀들의 춤이
아 아, 일제히 울려오는 전승의 환호성

하늘과 별자리와 반월성半月城 예로 남아
이 따이 절로 신라의 것인데
옮아가는 공간의 질서와 가버린 모양들이 다시
오지 못하는 시간에 서서
석탑도 불상도 그것은 아닌데 그것이라 찾아온 여기

고국의 밤에
한 수 시 읊어 시름 가시는 어림이여!

천년 왕궁이 허허 무위無爲로 돌아가고
숱한 인걸人傑이 간데없는데
있던 것 없어지고 없던 것 생겨나는
끝없는 윤회 속에
다시 천만광년千萬光年을 거쳐 억조창생億兆蒼生 살아
남을 이 땅은
신라의 것, 우리의 것이니
뜨거운 가슴에 흐르는 면면한 얼이
한 모금 약수로 퍼 올리는
아 아, 천고의 샘 신라의 문화여!

―『생성의 의미』(1965, 무하문화사)

봄·가족

분재를 어르고 마음을 달래기엔
아직도 새파란 나이인데
양지에서 새 흙 갈아 넣으면서
참, 거짓이 없는 그것들의 숨소리 듣는다.

꽃씨를 뿌려도 흐리멍덩 피지 않는
고장에 살아와도 고향이 없어
메마른 가슴팍 굵은 모래밭에
언제나 가시 돋친 선인장을 가꾸어왔다.

세월아 바람을 몰고 흙을 날라다 주렴
꽃나무를 가꿀 한 치 땅이 없구나.
묵은 등걸에도 새 움 돋는데
색깔이 많은 우리 정원을 마련해 다오.

또 어디론가 훌쩍 가야 할 철새 살이
나는 사보텐을 소중히 여기고
아내는 설매雪梅와 풍란과
석류나무와 백일홍을 더 아낀다.

큰 아이는 진달래 세포를 만지작거리고
둘째, 셋째 놈은 열심히 분盆을 나르고
막내 딸년은
"엄마, 나비 봐" 한다.

—『생성의 의미』(1965, 무하문화사)

아내

밤마다 늦게 돌아가는 나를
기다리다 잠이 든 아내의
참, 많이도 늙어버린 조심성

두들길 대문도 없이
이런 집
얼마나 다행한가

성냥을 그어 붙이기 전에
잠시 미소
이 암향暗香을 아느냐

모든 슬픔을
혼자서 맡아 가자던
낌새 챈 그 날부터
바람 부는 세월에
참, 많이도 참아온
당신의 건강

시방 잠이 든 당신이

깰세라 조심성 있게
갚아드려야 할 그 조심성은
밖으로 어둠이 진해질수록
안으로 밝아오는 촉심燭心

시인의 아내는 참 불행하다
시인의 아내는 그런대로 행복하다

─『생성의 의미』(1965, 무하문화사)

큰아이 생일날

큰 아이 생일날
꼬꼬댁 한 마리 잡았더니
집안이 온통 꽃이다.

뼈대며 마음가짐이
제법 무던해 가는데
알뜰한 믿음으로 하여
감사하고 있는 아내의 얼굴에
속일 수 없는 숱한 생활의 쪼가리가 아른거린다.

한이사 없어도
시달린 연륜
인생 40을
봄 가고 가을 오고
삶이란 얼마나 허한 것이냐.
삶이란 얼마나 귀한 것이냐.

아이야
이런 날 나는 네게 무얼 줄 것인가.
아무것도 없구나. 정말,

아버지는
이런 날일수록 아무튼
흐뭇한 시를 써야 한단다.

―『생성의 의미』(1965, 무하문화사)

윤회輪廻 속에서

참새 한 마리
나의 겨냥 안에 있다.
파르르 떨리는 숨소리와
파닥이며 떨어질 목숨

아찔한 현기眩氣에
저회低徊하는 나의 질서는
유명幽明의 거리와 시간 속에
납덩이로 굳어가는 심장

캄캄한 눈앞에 강물 흐르고
해탈할 수 없는 군열群列에 나도 가고
저마다의 생존은 원소의 차인데
윤회의 바탕은 사랑이 아닌가.

빈 자리 가지 사이로 나의 총구는
빈 하늘 파란 나의 열반涅槃을 쏘다.

―『생성의 의미』(1965, 무하문화사)

54

II

1969~1971

『신록서정新綠序情』
『불로동不老童』
『낙동강』

비문碑文

어떤 언어는
혀끝에서 공간으로 사라져버리고
어떤 언어는
귓전에서 시부렁거리다가 꺼져버린다.

기억의 언어들은
가슴에 꽃으로 피어나고
명상의 언어들은
동공에 비문을 새긴다.

꿈속에서 바람 속에서 오고 있는 나그네
나는 가고 그때 내 시는
잊어버린 언어들을 기억해낼까?
가슴 속에 꽃으로 피우고 있을까?

먼 날의 언어들이 핏속에 흐른다.
세월 저쪽에서 오고 있는 나그네
흐리지 않는 그 동공에서
비문이 되고 있을까?

—『신록서정新綠序情』(1969, 형설출판사)

봄은 바람을 타고

봄은 바람을 타고 온다.
임신한 가지들이 부풀어 오르기 전에
봄을 물관을 타고 오른다.
사랑이 형식을 갖추기 전에
속삭이던 영혼의 언어들
젊은 태양이 계절을 갈아입고
쇼윈도우의 마네킹을 부르기 전에
봄의 비밀은 가슴 속으로 스며든다.
유산시키는 강물의 아픈 울음소리
새들이 높이 떠 지저귀는 대화
하늘 저쪽에서 오고 있는 발소리
지표에서 일제히 울려오는 숨소리
아지랑이는 풀 언덕에 눕길 좋아해도
봄은 도심에 먼저 눕는다.
사랑이 진통을 겪을 때
여인의 가슴은 황홀한 빛깔을 뿌린다.
봄을 기다리는 연인들
바람을 타고
시간은 형식의 숲으로 날라다 준다.

—『신록서정新綠序情』(1969, 형설출판사)

인연의 강

할아버지와 청산과의 인연을 나는 모른다.
할아버지와 나와의 인연의 강줄기를 따라
나는 오늘 월성군 산내면 내일본동에 머문다.

저만치 죽림竹林 산지기 집
홈이 패인 문지방을 넘어
대 삭 자리 때가 절여
호롱불에 어울리는 저녁을 먹고

이 마을 팔순 노인 이 생원 사랑방에
박 노인 함께 모여
할아버지와 청산과의 인연의 증언을 듣는다.

청명晴明 절후 보름달이
뒷산 소나무 가지에 걸렸더니
그 새 이 집 감나무 가지에 걸리도록
고고창창한 얘기는 그치지 않는다.

노인들 눈에는 산의 정기가
노인들 얼굴에는 산의 주름살이

노인들 입에서 산 냄새가 풍긴다.

호박넝쿨에 호박 열리듯
어느 산자락에 맺혀 열린 이 마을에서
한세상 그런대로
살다 가면 그만인데

할아버지와 나와의 인연을 찾아
이 마을 인정들이 소매를 잡는데
강줄기를 따라가면 바다
하늘 멀리 조선祖先으로부터
아득히 운잉雲仍으로
그럭저럭 한세상
뿌리 박아 사는가.

─『신록서정新綠序情』(1969, 형설출판사)

신록서정 新綠序情

겨우 내 방 안에 심어 둔
고목 분재를
양지에 날라다 놓으면
우리 집은 신록의 산장이다.

느티나무
느릅나무
회나무
향나무
배롱나무
모과나무

노송은 송화를 머금고
단풍은 천성을 지킨다.

일상의 개성 없는 밥상에
달래 냉이 국이며 쓴냉이 회
오늘은 봄을 차려 놓고
응달에 눈 쌓인 삼월
기다리는 마음에

세월은 한 걸음 앞서 오는가.
양지에서 풀어내는
눈엽(嫩葉)의 눈웃음치는 소리
한 자락 훈풍이 가슴을 흐른다.
아직은 맑게 시린 날씬데,

—『신록서정新綠序情』(1969, 형설출판사)

가을에는 귀가 열린다

산이 성큼 걸어와
창밖에 앉았다
골짜기 바위들도
힐끔힐끔 내다본다
귀 기울이면
산이 부르는 소리
어디서
구루몽의 낙엽 밟는 발소리

휴일을 챙겨 들고
아내는 소녀로 웃어본다
하늘이 말갛다
풀 열매가 소복 쏟아져 있다
귀 기울이면
그것들의 숨소리
깊은 안에서
혼이 흐느끼는 울음소리

삶의 한가운데에
죽음 있듯이

인연의 가지에서 뿌리로
고향은 언제나 원점

귀 기울이면
호들갑스럽게 웃어대는 소리
염라국에서
추수감사제를 지내는 소리

─『신록서정新綠序情』(1969, 형설출판사)

겨울과 나무들

저 소리는
천군만마千軍萬馬가 짓밟아오는 소리
겨울이
진군해오는 소리
가지들이 일제히 일어서서
소대를 지휘하고
기치창검旗幟槍劍이 부딪는 소리
구름은 이 울부짖는 소리를 듣기 위해서
가끔 뜰에 나서기도 하고
시종 같은 일월日月인데
창생蒼生은 연륜이 감기는 12월

오늘은 무슨 송년서제라도 있는가
포르티시모에 열광적인 박수갈채
저 소리는
신의 나라에서 울려오는 먼 메아리
어쩌면
남반구 푸른 나라
푸른 겨울을 위해서 보내는 찬가

물관이 얼어붙어
자양분을 나를 수가 없다.
이런 날에는
눈이라도 퍼부어
묘망일색渺茫一色
잠시 은수恩讐를 덮고 애증을 잊고
펑펑 신명나게 눈이라도 내렸으면

—『신록서정新綠序情』(1969, 형설출판사)

귀뚜라미가 울고

장독대에선가
국화 옆에선가
귀뚜라미가 울고

들판을 쪼아 먹던
참새 떼 깃 찾아 잠들고
지혜는
작은 새 새끼의 머리에도 있는 것

은실 고운 소리맵시가
달빛에 녹아 흐른다
내 어릴 제 들려주던
자장가

귀뚜라미가 울고
달밤에
우리 할매가 살아나면 나는
그지없는 평화 속에 묻혀 버린다

—『신록서정新綠序情』(1969, 형설출판사)

꽃밭

어렸을 때 너는 귀여운 공주
한 송이 목단이었다
나는 이웃 나라 소심한 왕자

봄 언덕바지에 금잔화 피던 그 날부터
해마다 양귀비꽃 가꾸어 잊어온 세월
그 세월 따라 꿈은 천일홍 피고

이제 당신은 이웃집 귀부인
한 송이 가을 국화
우리 꽃밭엔 샐비어 그냥 불타고

귀밑에 흰 서리, 겨울이 오고
크리스마스 그 무렵
잎이 빨개지는 포인세티아

겨울에도 피는 꽃 프리뮬러는
첫 시절 그 꽃은

─『불로동不老童』(1971, 신진문화사)

해후 邂逅

뽕나무밭 건너
돌각담 너머
바람 불던 겨울
새벽 세 시
진자주빛 옷고름과
그 눈매

쓰고 찢어버린
연서
그리고 헤어진 지
꼭 30년
영영 잃어버린
내 신부는

눈꼬리며 이마
금이 간 연분
저마다 철 늦은
미소
고풍이 타는
먼 시간이다

긴긴 사연
쏟아질 소나기
어쩌면
꿈을 안고 뒹굴
축제일
그 전야다

—『불로동不老童』(1971, 신진문화사)

불로동不老童

일만 바퀴쯤
일월日月은 돌고
해후한 인연
안으로 스미어
마르지 않는
긴 강물이여!
태양은 부지런히
창문을 여닫고
손주며느리가 아기를 낳고
은실 머리 고운 안방에는
꽃 시절 그때 그냥
불로동不老童이 살고
구름이 머물다 간
하늘 멀리 그 세월 밖에
내가 묻힐 때까지

—『불로동不老童』(1971, 신진문화사)

염불암念佛庵

염불암念佛岩 가는 길에
염불암念佛庵 들렀더니
석불石佛은 눈감고
석탑石塔도 잠들고
산은 낙목落木에 가려 안보이고
산에 와 있는 줄도 모르고
나무아미타불
나무관세음보살

─『불로동不老童』(1971, 신진문화사)

병후病後

여러 날 앓았다.
머리도 배도 나았는데
가슴은 그냥 아프다.
아픈 게 아니라 슬픈 것일까?

산이 산을 업고 안고
가을 잔치가 한창인데
새 얼굴 뒤에
묵은 얼굴 겹쳐 있다.

어느 형국에
나도 한몫 끼일까?
이름 모를 무덤이
물끄러미 쳐다본다.

저마치 인환人寰의 거리
하속下俗하는 그림자 하나
가슴은 그냥 아프다.
아픈 게 아니라 슬픈 것일까?

—『불로동不老童』(1971, 신진문화사)

종곡終曲

한 번쯤 더 만나도 좋을 테지.
당신과의 인연의 결제를 위해서
하지만 그럴 필요가 있을까?
어차피 인생은 미진한 채 떠나야 하는 것.

서로 맞잡고 흔들던 지성의 악수도
서로 껴안고 애무하던 열애의 입술도
일체의 오도悟道는 잎 지는 시간을 지켜보라.

저마다 사무치는 가슴을 새기다가
앞서거니 뒤지거니 반환해야지.
해 질 무렵 마음 외롭고 서글퍼지거던
먼먼 고향 산천 마지막 악장을 듣자.

—『불로동不老童』(1971, 신진문화사)

이튿날

한없이 열어 놓은 하늘
여광餘光이 차츰 문을 잠그고
죽어가는 희멀건 눈으로
바닷속 수심 깊이로 가라앉는
끝없이 먼먼 세월 속으로 밀려가는
임종의 그 얼굴을 나는 보았다

어둡고 캄캄한 밤이
하루의 주검을 나르는 호곡號哭 소리
이윽고 제상을 거두고 등불을 끄고
못 패거리 태고로 돌아가는 자정
먹물의 자방子房 안에서 잉태하는
이튿날의 그 숨소리를 나는 들었다

──『불로동不老童』(1971, 신진문화사)

74

무애 無涯

미지의 먼 시장기가
태양을 삼켜버린 뒤
실일失日의 사람들은 가슴에 등불을 켜고
연표를 찾아 여일餘日을 익히다가
깊은 침묵 속으로 흘러가 버린다.
그러나 태양은 영마루에 소생하고
이튿날 부스스 사람들은 일어선다.
자연은 움직이는 하늘을 주시고
사람들은 끝없이 씨 마르지 않는다.
시원의 하늘에서 비가 내리고
세월의 강물은 마르지 않는다.
신은 구름을 다스리고
사람들은 조금씩 기화해 가지마는
사람들은 영영 씨 마르지 않는다.

—『불로동不老童』(1971, 신진문화사)

연밥 따는 처녀

상주 함창 공갈못에
연밥 따는 저 처녀
연밥 줄밥 내 따주마
내 품 안에 잠들 거라

청포 도령이 말을 세운다
어느 낭군 홀길라고
어이 그리 잘도 생겼나

잠들기사 어렵잖소
연밥 따기 늦어가오
잠들기사 어렵잖소
연분 없어 못자겠네

청포 도령이 말을 세운다
뉘라서 몽달귀신 원하랴
연분 꽃분 따로 있나
백년가약 맺어다고

— 『낙동강』(1971, 신진문화사)

파군破軍재

오동꽃 만발한 동화사로 갈거나.
시냇물 파헤친 파계사로 갈거나.
파군재 고갯길에 나서면
고려의 기마가 달린다.
후백제 창검이 춤춘다.
천년 왕업王業도 기우는가.
포석정 술잔
태조太祖의 수레에 높이 앉아서
독전하는 대장 신숭겸申崇謙
태조는 생각했을까?
임께 바친 목숨, 그 충성을
홑몸 바위틈에 숨어 앉아서
태조는 생각했을까?
살려낸 겹 목숨, 그 슬기를
안지랑이 바위 위에 혼자 앉아서
이 갈고 생각했겠지.
한 오백 년 내다봤겠지.

— 『낙동강』(1971, 신진문화사)

나으리

그 몸종이 상전 섬기는 마음 쓰기란 하늘만큼이나
컸다.
증손, 현손 모조리 사내자식이란 자식은 모조리 죽이던
그때
물론 뱃속에 든 유복자도 사내자식이면 다 죽이던
그때
제 핏줄 바꿔 길러 손 잇게 한 그 마음 쓰기란
묘골 박씨들 지금 그때 그 몸종 생각하는가.
노고산 기슭에 낙빈서원 짓고 그 안팎에
지금 그때 그 몸종 섬기는가 그 은혜 생각하는가.
목숨의 조건은 매 가진데.

민주의 나라 서울에 나으리들 몰려 사는 마을 있어
그 마을 이름 도둑놈촌이라는데
어린 조카 왕위를 찬탈한 세조世祖를
나으리라 부르던 그 선비 생각하는가.
피맺힌 울음 천만년 두고두고 한이여.
낙동강 굽어보는 노고산 자락에
묘골 박씨들
지금 그때 그 몸종 생각하는가.

민주의 나라 서울에 도둑놈촌 나으리들
생각하는가? 목숨의 조건을.

— 『낙동강』(1971, 신진문화사)

산천은 의구한데

산천은 의구한데 인걸人傑은 간 데 없고
산천은 의구한데 역사는 꿈이러니
두 임금 마다하고 벼슬을 버리고
두 마음 옳지 않다 채미정 숨더니
금까마귀 날개 치는 금오산金烏山 자락
낙동강 출렁대는 물결 기슭에
야은冶隱 선생 그 말씀 살아계시네

―『낙동강』(1971, 신진문화사)

무후無後

나으리가 당신의 입을 으깨어도
불의가 당신의 목을 내리쳐도
절개는 바위로 굳어
능지처참이 오히려 살아남아
당신의 구족九族은
멸절滅絶이 푸른 강줄기 되어
여기 낙동강 기슭에
무후하신 단계丹溪 선생이
의관정좌衣冠正坐 하시다

— 『낙동강』(1971, 신진문화사)

탈춤

출렁거리며 끊임없이 흐르는 동류수
출렁거리며 끊임없이 흐르는 서류수
하회河回는 물에 뜬 연꽃 마을
나라의 안팎이 어지럽고 시끄러울 때
대가를 모시던 서애西崖 선생 고향 마을
서낭당 신령이 울리면
신바람 타고 한바탕 놀아나던 광대들
초랭이 걸음 재빠른 제자리걸음
엉덩이 추는 할미 걸음
히죽이죽 이매 걸음
심술궂다 백정 걸음
황새걸음 양반 걸음
맵시 있다 부네 걸음
능청맞다 중 걸음
사뿐사뿐 각시 걸음
산주山主는 강신을 빌고
농악은 무당 앞세우고
신바람 타고 한바탕 놀아나던 광대들
중은 처녀를 농락하고
초랭이는 양반 멱살을 잡고

백정은 우랑을 외고 팔고
총각 각시 신방 꾸미고
한바탕 놀아난 광대굿
언제 어디에서나 우리들 가슴 속 깊이
휴머니티는 살아 있는 것
한 보름 숨구멍 찾아
한바탕 비웃고 익살부리던
하회는 물에 뜬 연꽃마을
출렁거리며 끊임없이 흐르는 동류수
출렁거리며 끊임없이 흐르는 서류수

─『낙동강』(1971, 신진문화사)

귀머거리바위

구곡九曲 감도는 낙동강 분천에 가면
강산이 아까와 삼공三公을 준대도
귀머거리 바위 노인이 낚싯대 드리우고 계신다

귀양살이 마치고 산에 강에 노닐어
어부사漁父詞 엮던 농암聾巖 선생

귀 밝은 체 요새 사람아
그대가 놓쳐버린
자연의 비밀한 그 목소리

산에 강에 노닐어 어부사 엮고
삼공을 준대도 안 가고
귀머거리바위 노인이 낚싯대 드리우고 계신다

— 『낙동강』(1971, 신진문화사)

III

1977~1986

『생선가게』
『수묵화水墨畵 연습』
『세월의 징검다리』

바닷가 풍경

아침 바다는
청포도 빛이더니
한나절 바다는
잉크를 쏟아 놓았네
모래 볶는 작업
살갗 태우는 그 밖에
바람이 솜뭉치로
물결을 부수고
화장한 잉어 떼가
꼬리치는
바다

―『생선가게』(1977, 상지사)

보리누름

구름송이가 찔레 덤불에 걸려 있다
바람이 좀 바쁜 듯이
풀잎을 밟고 지나간다
포플러 그림자가 바위를 흔들고
육안으로 보이는 거리에서
윗옷을 솔가지에 걸어 놓고
여름이 시내를 건너온다
뻐꾸기 울어 쌓고 보리누름에
고개 넘는 외할매
외할매 생각 속에 나비 한 마리
석류꽃 딸네 집에 간다
길섶에 나생이 꽃
뻐꾸기는 울어 쌓고

—『생선가게』(1977, 상지사)

채석장採石場

와르르 무너지는 풍경 안에서
풍경이 살아난다

푸드덕 햇살이 놀라 날고
열린 계절 사이로
가을꽃이 생긋 웃고

돌덩이가 쌓이는 시간을 딛고
석공은
베르그송의 철학을 익힌다

바빠서 지나치는
그늘 내린 돌산 모퉁이
해 저물면
너도 돌아가리라

—『생선가게』(1977, 상지사)

생선가게

먼바다의 드높은 물결 소리
아직도 싱싱한 살냄새 풍기는
생선가게에서

서로 닮은 얼굴이
서로 닮은 얼굴을
흥정하는 물비린내 소리

저쪽 어디메 신의 나라
비슷한 영혼을 물색하는
새벽 종소리

—『생선가게』(1977, 상지사)

고향을 물으면

뻐꾸기 울어 쌓고
들 찔레 향기
그 친구 손녀는 클로버 풀밭에 뒹굴고
그 친구 합부인은 능금나무 그늘에 쉬고
둘이는 술을 마셨지

그 친구 씨를 뿌리고
그것들의 성선설性善說을 듣다가
나는 시를 가꾸고
그것들의 허무한 이야기를 하다가
떠나야 하는 건데

그 친구 그 집 지키고
나는 식당이 멀어서
고향이 어디냐고 물으면
나만큼 후회 잘하는 이도 드물 거다

—『생선가게』(1977, 상지사)

독거 獨居

수은등 불빛 사이로
눈이 내리는데
자욱이 향수가 쌓이는데
주막집 목로판에서
술은 왜 마실까?

하염없는 생각 사이로
밤은 깊어가고
삼삼히 다가서는 환영을
이불 속속 파묻어도
잠은 왜 안 올까?

가면 다 있는데
범은 날 때부터 뿔이 없거던
없는 게 어디 하나뿐인가.
못 가는 주제에
말은 왜 궁할까?

—『생선가게』(1977, 상지사)

귀로歸路

소시절에 억척같이 공부하던 그 친구
아늑한 골짜기 호호한 하늘 밑에 묻어 두고
돌아서는 길목 바위 옆에서
땅마지기나 있을 때 우리집 큰 머슴
억척같이 일하던 생각난다.

사실, 우리네 행정이란 겨우
칠팔십 년 안팎인데
푸나무 서리 비탈길을 저리도 어지럽게 맴도는
하루살이 떼

황혼이 걸음을 재촉하고
여 저기 풀벌레 울음소리
이제는 어디에서도 찾아볼 수 없는
너와 나, 자질구레한 다툼은 끝나고
바구니 가득 우리네 사랑의 무게를 쏟아버린다.

마침내 저 시공時空의 조화 속으로 사라져가는 것
밥상머리에 앉아 주름진 사연을 씹으면서
형광등 불빛 아래 저리도 숨 가쁘게 덤비는

하루살이의 끈덕진 목숨을 본다.

—『생선가게』(1977, 상지사)

증언자

할머니 살아계실 때 시골집 마당귀에 피어있던 분꽃 접시꽃이 할머니 산소에 가다가 보니 참깨밭 머리 개 바자 울타리에 그냥 피어 있었다.

새댁이 물동이로 여다 나르던 홰나무길 샘물 빛이 무수골 웅달못에 고여 있는 건 예삿일이지마는 솔밭머리 그 하늘에 널려 있는 흰 구름을 할머니 장롱 속의 모시 비단옷이라고 우겨대는 건 아무래도 모를 일이다.

향로에 피어오르는 연기를 할머니 살아계실 때 질화로 숯불 냄새라고 한다면 요새 아이들은 곧이들리지 않을 것이다. 그들은 천륜의 빛깔이나 향기를 아직은 잘 모르기 때문이다.

우리집 울안이 언제나 소담한 건 남보다 가진 게 더 많아서가 아니다. 논밭이나 가구 그 밖의 외재적인 것은 자기가 쓸 만큼은 누구나 다 가지고 있기 마련이다. 다만 우리들 조선으로부터 우리들 핏줄기 속에 녹아 흐르는 영혼, 마르지 않는 긴 강물이 우리들 가슴속 깊이 스며 흐르고 있음을 무엇보다 소중히 여기고 있기 때문이다.

내 손주들은 아직 그걸 잘 모르고 있다. 내 손주가 또 그의 손주들을 어르고 달랠 때 그때 또 나처럼 증언할 것이다.

— 『수묵화水墨畵 연습』(1982, 도서출판 동세)

관계의 의미

며늘아기가 꽃병을 손질해서 꽃을 가꾸어 놓고 물러
간 뒤 방 안은 갑자기 환성이 꽃물살 되어 흐른다.

시어미 주름살만큼이나 늙은 화장대의 거울이 나선
다. 낡은 옷장도 따라나선다. 전등이 환한 얼굴을 하고
벽에 걸린 액자도 고쳐 앉는다.

방 안이 한꺼번에 술렁거리는 광경은 서로 친하려는
눈치다. 저마다 얼굴이 다르고 개성이 다르지마는 연줄
연줄로 맺어진 인연 따라 한자리에 모여 사는 이것들은
내가 편집한 생명들이다.

언제나 침묵하면서도 그들은 내가 아끼는 만큼 서로
사랑하는 마음 변함없지마는 오래 사귀어 왔기 때문이
아니다. 저마다 맡은 바 소임이 다르기 때문도 아니다.
서로가 관계를 맺고 있기 때문만도 아니다.

다들 의미의 세계를 갖고 있기 때문이다.

술병이 얼른 낌새를 알아채고 조아린다. 술은 내 안
에서 녹아 흐르지마는 또 다른 모양과 이름들이 모여
사는 인연을 찾아 나선다.

—『수묵화水墨畵 연습』(1982, 도서출판 동세)

95

시인의 특권

얼굴이 반듯한 사람을 마주하면 눈이 절로 즐거워진다. 미학을 따로 익히지 않아도 예쁘다, 엄전하다, 삐때기다, 실룩하다는 안다.

정신이 올바른 사람을 만나면 마음이 절로 즐거워진다. 철학을 모르는 까막눈이라도 순하고 부드러운 사람과 모질고 악한 사람은 행동거지에 나타난다.

가령, 허수룩한 차림의 영혼이라 할지라도 뜻있는 사람의 안목은 빛난다.

부자들의 눈은 가난뱅이가 눈치채지 못한 곳에서 곧잘 돈을 찾아낸다. 그들은 돈지갑을 잘 간수하기 때문에 아무나 훔쳐낼 수가 없다.

시인의 외형은 가난뱅이지마는 그의 내재는 부자다.

시인은 그의 혼을 온 누리에 뿌릴 수 있는 막강한 부富와 세기의 넋을 모조리 훔쳐버릴 수 있는 특권을 가지고 있다.

—『수묵화水墨畵 연습』(1982, 도서출판 동세)

건강

날씨가 찌푸리고
신경질을 부린다
이런 날에는
중로中老의 건강이
신경통을 앓는다

이대로 한세상
사는 날까지 살다 가더라도
누구의 가슴에 녹음될
시는 건강해야지

햇살 대신에
바람이 부산한 날
중로의 건강이
신경통을 앓는다
시도 함께 앓는다

—『수묵화水墨畵 연습』(1982, 도서출판 동세)

불계不計

　　지붕 위에 박꽃이 필 무렵이면 디딜방앗간에서 갓 빻아 온 새댁의 칼국수 솜씨
　　식성도 세월 따라 변하는가 서천에 길게 타는 노을빛 술맛.

　　어린 제 그 친구 회갑이 아직도 멀었는데
　　여름 해 어스름 박꽃 피는 그런 시간인데
　　멀리 고향 마을 풀꽃 향기가 선향 태우는 연기로 사라지다니.

　　살아서 우리는 좋은 적수 아니었던가.
　　조숙한 우리들의 사랑과 미움의 시새움에서 뱁새눈으로 자벌레를 다투었지마는 세상을 살아가는 단수는 그만 그만 아니었던가.

　　선수를 빼앗기고 이제는 그만 불계不計
　　이승에서 다시는 대국할 수 없듯이 영영 다시는
　　엄청난 거리와 시간으로 헤어진 사랑과 미움이여.

　　창밖에 땅거미가 끼이고 하루가 저문다.

타고 있는 작은 내 문패의 불빛과 가을 풀벌레 울음 소리

　저승을 향해 손을 모은다.

　　—『수묵화水墨畵 연습』(1982, 도서출판 동세)

수묵화水墨畵 연습

산을 뚫고 쏟아지는
폭포를 그릴 때는
물줄기 소리도 들린다

바위에 부딪히는
파도를 그릴 때는
바람 소리도 듣는다

심산深山의 새벽은
절벽이 운무雲霧에 싸여
유곡幽谷은 안보이고

장강長江의 하류에는
노을 속에 물든 마을
인정도 그린다

수묵水墨이 번지는 공간에
가버린 시간이 소생하고

인생의 여백에

시화詩畫 가꾼다

──『수묵화水墨畵 연습』(1982, 도서출판 동세)

동반자

당신을 처음 안
갑신삼월甲申三月 초파일
아지랑이 넘어오는 언덕바지
봄바람 안고 앉아
진달래 꽃잎 씹으면서
단술을 마시고 잠이 들었다

세월은 강물 따라 흐르고
강물은 세월 따라 흐르고
장강長江의 하류 창창한 바다는
끊임없이 밀어닥치는 파도를 넘어
우리들 무성하던 긴긴 여름날
별이 총총한 고해苦海를 건넜다.

하늘이 주신 연분
의초로운 둥우리에
삼남일녀
가을이 익어가는 산사에 휴일을 풀어놓고
나무아미타불 관세음보살
우리들 기도 위에 사랑은 영글어 가고

취백단풍翠柏丹楓 찬 서리 내려도
중생이 함께 가는 것
또다시 펑펑 눈이 내리고
마지막 달아오르는 두 볼의 열기를 비비면서
저승 먼 길을 순리대로 가자고 다짐한 우리.

―『수묵화水墨畵 연습』(1982, 도서출판 동세)

산행

무료하고 외로운 때에는
혼자서
산에 오른다

산에는 봉우리며 주름진 골짜기
송백松柏과 이끼 푸른 바위 푸나무 서리에
산문山門이 보이고
온 하늘 가득히 넘쳐흐르는 빛 보라

거짓이 아니라
간밤에는 어둠 속에 앉았다 누웠다
못 잊어
잠 이루지 못했나니

시방 이 호호한 대기 속에 홀로 누워
허허 텅 빈 하늘을 바라보노라면
하찮은 몸부림 따위는
불고 간 바람 아닌가

어디서 어디로 가는 건지

한량없는 이 시공 속에
작은 목숨 하나

산은 적막하므로 오히려 가슴 깊이
사무치는 그리움이여

─『수묵화水墨畵 연습』(1982, 도서출판 동세)

봄이 오는 길목

봄이 오는 길목에
스산한 비바람
흩뿌리는 진눈깨비

이월은
얼었다가 녹았다가
섞바뀌는 계절

섞바뀌는 세월을 사는 지혜는
비우고
채우고

일체의 오도悟道는
저 광망한 우주의 절대 앞에
올 것은 오고 갈 것은 가느니

저마다 사무치는 가슴을 열고
보라
천도天道의 정연한 질서를

—『세월의 징검다리』(1986, 도서출판 그루)

씨앗은

씨앗 몇 알을 가슴에 묻어 두고
겨우내 꿈을 가꾸고 살아왔다.
이제 봄비 내리는 우수雨水
씨앗은 안으로 씨눈이 배고 있을까.

씨눈이 자라면
소망은 꽃으로 피어
꽃은 또 씨앗으로 영글어
목숨은 목숨으로 이어지고

먼 날의 사람들이여.
꿈은 한량없는 기쁨이 될까.
아직은 봄비 내리는 우수
씨앗은 가슴에 묻어 둔 씨앗은

―『세월의 징검다리』(1986, 도서출판 그루)

경칩驚蟄

겨우내 긴 잠을 깨우고
오늘은 벌레들 꿈틀거리는
경칩

바람은 소소리 바람
매화가 눈을 부비고
산수유가 기지개를 켠다

남새밭 언덕 비탈에
돌냉이*가 별처럼 돋아나고

가물거리는 몸짓이
새근거리는 숨결이

일제히 일어서는
얼굴, 이름들
초롱초롱 빛나는 목숨들이여

* 돌나물

—『세월의 징검다리』(1986, 도서출판 그루)

소만小滿

장미가 성숙한 계절에
보리 이삭이 익어간다

감자도 마늘도
알알이 익어간다

들찔레 꽃향기
언덕을 넘어

떡갈나무 숲에서
뻐꾸기 우는 소리

우리 어릴 때 보릿고개
나물갱죽 생각이 난다

―『세월의 징검다리』(1986, 도서출판 그루)

긴긴 여름날

호박꽃 울타리에 접시꽃 기웃거리고
포플러 숲에 초록색 바람이 모여 논다

앞 냇가 물 시울에 고기 후리는 아이들
손바닥만 한 꿈을 반두질하고

정자나무 그늘 아래 노인들 모여 앉아
잃어버린 추억을 새김질한다

긴긴 여름 햇살 거두고
서천에 물드는 노을

하루살이 떼 이리도 어지럽게 날고
들판 가득히 개구리 우는 소리

—『세월의 징검다리』(1986, 도서출판 그루)

속인俗人

장마 끝에 찾아간 산문山門에
늙은 소나무 정정하고
물소리 청량하다

누군가 그런 말 했던가
산사山寺에 가면 티끌 세상 잊는다고
도량에 떼 서리 지어 붐비는 인구

뭇 패거리 돌아가고
진창에 연꽃 피는 마음으로
속객이 하룻밤을 묵는다

공산空山의 적막이여
차라리 번뇌는 천 갈래
그래서 속인은 속세에 사는가 보다

―『세월의 징검다리』(1986, 도서출판 그루)

한로寒露

그저께는 설악산 단풍 이야기가
가슴에 물을 들이더니
오늘은 한 이슬이 내리는 한로

맑고 시린 찬 이슬이 풀섶에 맺히면
귀뚜라미의 음절이 한결 높아지고
풀벌레 울음소리도 구슬퍼진다

제비가 강남으로 떠날 채비를 하고
고향을 잃어버린 나의 연륜은

이런 날 기도하는 마음에
눈물빛 이슬이 맺혀
인생이 허무하다는 생각이 든다

─『세월의 징검다리』(1986, 도서출판 그루)

눈 내리는 밤

겨울 긴긴밤은
어지간히 자고 나도
밤이 남는다

남은 밤하늘에
눈이 내리면
돌각담 너머 감나무집 소녀가
나를 부른다

자욱이 눈이 내리는 밤에는
헤어진 핏줄 옛날의 할매가
생전의 모습 그대로
아득히 먼 길 찾아오신다

자고 나도 밤이 남는
겨울밤에 눈이 내리면
하염없이 고향 생각을 한다

—『세월의 징검다리』(1986, 도서출판 그루)

소한小寒

간밤에도 외풍外風이 찾아와
새벽잠을 설치더니
오늘은 소한이
추위를 꾸어달라고 한다

동지를 지나고 보름
해는 노루 꼬리만큼 늘어났는데
수은주 모세관이 오므라져
구들목에 앉아 손이 시리다

시린 손끝을 부비다가
바람 속에 나서면
겨울을 사는 사람들

해가 한발쯤 늘어나면
봄이 온다고 한다

―『세월의 징검다리』(1986, 도서출판 그루)

종장 終章

장엄한 태양이 서산을 넘고
핏빛 노을이 마지막 숨을 거두면
먼 산의 그리메가 마을을 덮고
온 천지가 어둠 속으로 가라앉는
일몰의 나날을 우리는 알고 있다

그러나

언젠가 한 번은 그에게 덮칠 죽음
저 광대무변한 우주로 환원할 목숨이
한량없는 시간 속으로 사라져가는
임종의 그날, 그날을
사람들은 모르고 산다

─『세월의 징검다리』(1986, 도서출판 그루)

어느 해 어느 날

어느 해 어느 날
지구의 한 모퉁이 우리 마을에
교황 요한 바오로 2세가 오셨다.

가는 곳마다 넘쳐흐르는 인파
우리들 가슴 속에
사랑과 평화가 물결치고 있었다.

그 이튿날 부처님이 오신 날
마을 사람들은 등불을 밝히고
자비와 광명이 불타오르고 있었다.

사랑과 자비와 평화와 광명이
교회에서나 산사에서나
비는 마음 다르지 않으니

어느 해 어느 날 아니더라도
인간의 존엄과 권리가 다르지 않으니
살아서 목숨과 죽어서 영혼이
우리 함께 축복받을지어다.

거룩한 천주天主여,

나무 불타佛陀여.

—『세월의 징검다리』(1986, 도서출판 그루)

세월

첫 시절 우리들의 언약은
한세상 살아온 세월 속에
말보다 진한 진실이 있다

팔리지 않는 시를 쓰고
가난하다 부끄러워 말라
가난보다 서글픈 세상 아닌가

참으로 다행한 우리집 울안에
아들 딸 보람있고 착한 손주들
물보다 진한 핏줄이 있다

생각하는 지혜여
먼 곳으로 가지 않아도 된다
여기도 행복이 지나가는 길목

한세상 사랑하였고
사랑했으므로 외롭지 않았느니
이렇게 살아서 남은 세월이여

―『세월의 징검다리』(1986, 도서출판 그루)

118

고향

아주 가벼운 마음으로
이웃집 나들이 가듯
삼등열차를 타고
이야기 속에 끼었노라면
고향 사람들이 생각난다

아무 정거장에서나 내려
호젓한 산모롱이 낯선 길을
혼자서 얼마 동안 걷다가
주막집 술상 머리에 앉았노라면
고향 생각이 난다

모든 것 다 집에 두고 어느 날
나는 빈손 빈 마음으로
까마득한 거기 어디메 고향
저승 먼 길을 떠난다 해도
하나도 슬프지 않으리

─『세월의 징검다리』(1986, 도서출판 그루)

IV

1990~1999

『시절단장時節斷章』
『보이지 않는 힘』
『아직도 나는』

소년

은해사 가는 길에
옛 마을 앞을 지나다가
아랫보 논 서 마지기
새 떼 쫓는 소년을 본다
한 60년 전 그 얼굴이다

느티나무 언덕길을 올라
돌담 돌아가면 바깥마당
짙푸른 하늘에 고추잠자리 날고
장대를 치켜든 소년
한 60년 전 나를 만난다

익어가는 가을 들녘을 달리면서
소년은
새 떼도 쫓고 메뚜기도 잡고
갈피리 호박잎에 싸서 구워 먹고
밤에는 물꼬에 통발도 놓고

오래 잊어버린 그 모습이여

―『시절단장時節斷章』(1990, 도서출판 향토)

늘그막에

일상의 밥상머리에
아직도 내 수저가 놓여 있음은
참으로 다행 아닌가

새벽에 샘터에 오르면
하늘은 열려 있고
솔바람 소리

낮에는 고금古今을 뒤적이다가
수묵 번지는 연습을 하다가
개울물 산조 따라 혼자 거닐다가

해 질 무렵이면
촌로들과 어울려 술잔 기울이고
밤에는 깊이 잠든다

늘그막에
그런대로 사느니

──『시절단장時節斷章』(1990, 도서출판 향토)

123

초당草堂

봄이 오면
뒷동산 된비알에 참꽃 피고
앞 냇가 버들 숲에 호드기 소리

여름철에는
원두막에서 낮잠 자고
여울목에서 버들치 후리고

가을에는
콩서리 모닥불에 구워 먹고
소죽 솥에 군불 지피고

겨울밤에는
초당 방에서 고담 읽고
참새 잡아 볶고 지지고

팔씨름 어금버금하던
우리집 작은 머슴
어디서 뭘 하고 있을까

창밖에 한창 농사철인데
오늘따라 보고 싶은
잊어버린 그 모습이여

—『시절단장時節斷章』(1990, 도서출판 향토)

저무는 풍경

산그늘이 언덕을 넘어
옛 마을 주막 앞을 지나간다

쉬어가라 해도 들은 체 만 체
들머리 햇살도 술렁거린다

한 무더기 새 떼가 날아가고
새털구름 노을이 탄다

탱자나무 울타리 너머
장꾼들 발걸음도 뜸해지고

주모酒母는 등을 밝히고
사방에서 풀벌레 울음소리

병에 술이 남았는데
한동안 생각에 잠긴다

어둠살이 끼듯 그렇게
한 시대의 노인도 가는 것을

　　―『시절단장時節斷章』(1990, 도서출판 향토)

시절단장時節斷章

여린 목숨들이 비집고 돋아나는 풀밭에 누워
아득히 밀려오는 숨소리 듣노라면
이윽고 꽃등을 밝히고 불어오는 바람결에
세월의 발소리를 듣게 됩니다

무수한 별빛이 쏟아져 내리는 창가에 앉아
무성한 여름 밤하늘을 바라보노라면
인위의 거리 그 짧은 축제
우주의 영원한 얼굴을 보게 됩니다

풀잎에 이슬 맺히고 물들어가는 나뭇잎이
뜰 아래 한두 잎 지는 저녁 어스름
밝고 깊은 지혜는 부질없는 과거를 지우고
목숨의 본연을 깨닫게 됩니다

하늘이 차츰 가라앉아 숨소리 무거워지고
마침내 한 시대의 마지막 순간이 오면
이승과 저승의 갈림길에서 목놓아 우는
영혼과 육신이 헤어진 그 다음의 고요

―『시절단장時節斷章』(1990, 도서출판 향토)

소망

내 작은 소망은
집 한 채 장만하는 일이다
뒤에는 산, 앞에는 시내,
흙으로 벽돌 디디고
지붕은 새로 이이고,
울은 나지막하게 치고
삽짝은 그냥 열어두고
인도보석人道步石 그 밖에는
꽃나무와 텃밭 가꾸고
세간은 이대로 족하다
명命대로 살다가
빈손으로 가는 건데
한번 해 본 소리지
세상에서 쓸모가 있으면
기념관도 짓는데

—『시절단장時節斷章』(1990, 도서출판 향토)

생전生前에

살아생전에
가슴에서 가슴으로 전하는
시 한 편 쓰고 싶다

가슴에서 가슴으로 전하는
그런 최상의 것 말고라도
활자의 언어들이 가슴에 들끓는
그런 시 한 편 쓰고 싶다

그도 저도 아니면
여일餘日이여
차가운 돌 속에 피가 스며
먼 날의 목숨으로 살아남을
그런 시 한 편 쓰고 싶다

—『시절단장時節斷章』(1990, 도서출판 향토

신후지지身後之地

가없이 너른 공간의 질서 속에
하나의 목숨으로 왔다가
시작도 끝도 없는 시간 속으로
절로 사라져가는 것인데

여기 송림리 앞산
동동남 양지 바른 언덕에
내 신후身後의 땅 마련해 두고
영영 다시는 하산할 수 없는
어느 날의 나를 생각해 본다

발이 빠른 겨울 햇살은
들머리에 산그늘이 내려서고
돌아서는 마실 앞 거랑 둑 고목에
어디서 까치 한 마리 날아와
노를 젓는다

―『시절단장時節斷章』(1990, 도서출판 향토)

보이지 않는 힘

햇살 가득한 뜰에
꽃을 가꾸던 손이
가지 끝에 남은 잎새를
하나둘 떨구고 있다
목숨으로 있게 하는 그
뒤에 숨은 힘이 있듯이
거두어 가는 손길 그
뒤에 돋게 하는 뜻이 있다
어린 눈으로 보면
허무하지만
새봄에 새 움 돋게 하는 건
거룩한 다스림 아닌가

―『보이지 않는 힘』(1995, 도서출판 나눔사)

시력視力

먼동이 빗장을 열고
어둠을 쓸어내면
빈 하늘이 가득 채워지고
시력이 회복된다

숲은 일제히 일어나
빛을 퍼 담고
민들레 꽃씨가 날아가는
하얀 숨결이 보인다

개울가에 앉았노라면
흘러가는 세월도 보이고
칠십 고개를 넘으면서
안으로 시력이 열린다

―『보이지 않는 힘』(1995, 도서출판 나눔사)

행복론

새해에 복 많이 받으소서
덕담을 나눈다
덕담은 아무나 받을 수 있어도
복은 복 받을 사람이 받는다

어디 멀리 찾아다니면서
손을 내밀고 애걸해도
복은 복 받을 사람이 받는다

복은 순간순간
우리 곁으로 지나가지마는
모진 사람의 눈에는 보이지 않고
밝고 환한 가슴 안에 머문다

간밤에도 깊이 잠들었고
오늘도 시를 생각하는 마음 있으니
내 복이 이만하면 넉넉하지 않은가

―『보이지 않는 힘』(1995, 도서출판 나눔사)

자족自足

되고 안 되고는
될 건 되고 안 될 건 안 되지만
하고 안 하고는 마음먹기 달렸다

마음먹기도 마음먹기 나름이지
가당찮은 생의는 몸이 따르지 않는다
몸이 따르지 않으면 말짱 허깨비다

새벽을 열고 숲속을 거닐다가
돌아와 읽고 싶은 책 읽고
찾아오는 이 있으면 술잔 기울이고

남들이 보면 먹고 노는 것 같지만
생각은 언제나 본질을 살피고
가슴속 뜨거운 곳에서 시를 찾는다

늘그막에 이만하면 족하이

—『보이지 않는 힘』(1995, 도서출판 나눔사)

들국화

도시의 변두리 빈터에
들국이 피어
바람에 한들거린다
꿈 많은 시절의 보랏빛이
잔잔한 꽃물살 되어 흐른다

며칠째 서리가 내리고
시나브로 지는 목숨

땅 주인은 따로 있겠지만
오늘은 내가 이 꽃의 임자다
아무도 손대지 말라
그냥 바람에 출렁거리게 하라

—『보이지 않는 힘』(1995, 도서출판 나눔사)
　　대구 범어공원 시비의 시

노안 老眼

아침을 열고 저녁을 닫는
일상 속에서
더러는 저녁이 열려 있는 날도 있다
그런 날 밤에는
산천을 거닐기도 하고
그리운 사람을 만나기도 하는데
아주 잠을 설치는 밤에는
까마아득히 잊어버린 일을
찾아내기도 하고
기억하지 않아도 좋은 일을
기억해내기도 하고
괜히 마음 상한다
마음 상하도록
지워지지 않는 기억은
내 아직도 어린〔愚〕 탓이리라

—『보이지 않는 힘』(1995, 도서출판 나눔사)

세월이 지는 소리

산자락 마을 동구밖에
허리 굽은 노송이
오랜만이라고 반긴다

흙담 모룽이 돌아서면
싸릿문 열어 놓고
산지기집 노파의 기침 소리

아들, 손자들 대처에 나가고
빈집 지키는 노파의 머리맡에
약값 몇 푼 놓고 일어서는데

대구 서방님 잘 가라고
꺼져가는 목소리가 날 따라오면서
한 시대의 여운을 길게 남긴다

마을 앞에 흐르는 도랑물에
나뭇잎 떨어지는 소리
세월이 지는 소리

―『보이지 않는 힘』(1995, 도서출판 나눔사)

미도 다향美道茶香

종로2가 진골목 미도다방에 가면
정인숙 여사가 햇살을 쓸어 모은다
어떤 햇살은 가지 끝에 걸려 있고
어떤 햇살은 벼랑 끝에 몰려 있고
어떤 햇살은 서릿발에 앉아 있다
정여사의 치맛자락은
엷은 햇살도 알뜰히 쓸어 모은다

햇살은 햇살끼리 모여 앉아
도란도란 무슨 얘기를 나눈다
꽃시절 나비 얘기도 하고
장마철에 꺾인 상처 얘기도 하고
익어가는 가을 열매 얘기도 하고
가버린 시간은 돌아오지 않아도
추억은 가슴에 훈장을 달아준다

종로2가 진골목 미도다방에 가면
가슴에 훈장을 단 노인들이
저마다 보따리를 풀어 놓고
차 한 잔 값의 추억을 판다

가끔 정 여사도 끼어들지만
그들은 그들끼리 주고받으면서
한 시대의 시간 벌이를 하고 있다

―『보이지 않는 힘』(1995, 도서출판 나눔사)
　　대구 진골목 미도다방 외벽의 시

사람이 그립다

혼자 있을 때는 몰랐는데
여럿이 모인 자리에 가면
사람이 그리워진다

어떤 때에는
시간의 무게 같은 것을 느끼고
어떤 때에는
짐승의 울음 같은 것을 듣는다

사람이 사는 세상에서
사람이 그리운 것은
사람이 사람다운
사람이 없기 때문이다

날씨만 화창해도 마음이 들뜨고
구름이 흘러가도 그리운 이 그리운데
사람들 모임에서 사람이 그리운 것은
그리운 사람이 없기 때문이다

─『보이지 않는 힘』(1995, 도서출판 나눔사)

아직도 나는 1

내 생일에서 이만큼 흘러온
세월의 강변에 흩어진 추억은
저녁노을에 곱게 물들고
여기가 어디쯤인지
어렴풋이 짐작이 가지만
포구浦口에서 갈아탈 배가
어디로 가는지
아직도 나는 그걸 모른다

—『아직도 나는』(1999, 도서출판 대일)

아직도 나는 5

저녁노을 사그라지고
하늘이 차츰 가라앉는데
아무도 올 사람 없어도
누가 올 것만 같은 마음은

찾아 헤매어도 만날 수 없는
인연 때문일까

사방이 점점 어두워지고
풀벌레 우는 소리
바람에 나뭇잎 흔들리듯
흔들리는 내 마음

어디서 누군가 올 것만 같은
생각을 지울 수 없는 건
아직도 나는
기다리는 마음 있기 때문 아닌가

—『아직도 나는』(1999, 도서출판 대일)

꽃 이야기

보랏빛 먼 산이 내다보이는
창가에 앉아
뜰에 피어있는 꽃을 본다

어린 제 뛰놀던 산에 들에
지천으로 피어있던 풀꽃
그때 나는 할머니의 꽃이었다

지금도 꽃집 앞을 지나면
사시장철 꽃은 피어 있어도
시방 내 꽃은 내 손자들이다

산그늘이 한발씩 다가오는
창가에 앉아
운잉雲仍의 꽃밭 생각을 한다

―『아직도 나는』(1999, 도서출판 대일)

기억의 등불을 밝히면

1
아득히 흘러간 어둠 속에
기억의 등불을 밝히면
동구 밖에 늙은 느티나무 서 있고
옹기종기 모여앉은 초가지붕들
골목길 돌담 모롱이 돌아
뒤안에 살구꽃 환한 그 집

보슬보슬 봄비 내리면
얼음 풀리고 개울물 흐르는 소리
파릇파릇 새싹 돋아나고
뒷동산 비알에 진달래꽃 피면
양지바른 언덕에 나물 캐는 소녀
앞 냇가 버들 숲에 피리 부는 소년

야들야들 연둣빛 새잎 돋아나고
싱그러운 풀냄새 그늘이 짙으면
떡갈나무 숲에서 뻐꾸기 울어 쌓고
모깃불 피워놓고 멍석에 앉아
하늘의 별을 헨다

더위가 물러나면 벼이삭 피어나고
사래 긴 콩밭에 수수 이삭 영근다
옥빛 하늘은 그지없이 높아가고
풀잎에 이슬 맺히면 가을도 고비
찬서리 내리면 나뭇잎 시들고
풀벌레 소리 멎으면 단풍도 진다

나무가 잎을 떨구면 가랑잎 뒹굴고
살얼음 얼고 눈이 내리면 이내
찬바람 앞세우고 동지가 온다
동지를 지나면 햇살이 돋아나고
추위가 아무리 기승을 부려도
계절은 한 바퀴 돌아 봄이 온다

봄, 여름, 가을, 겨울
바람 불고 비 오고 눈이 내려도
씨앗은 씨앗을 낳고 나무는 자라
가슴속 뜨거운 정열 꿈은 아득히
천진난만 한량없이 즐겁던

그때 그 시절

 2
지금은 얼굴도 이름도 잊었지만
또래들 모여 다복솔 송기 꺾고
물장구치고 버들치 후리고
잠자리 쫓고 콩서리하고
메뚜기 잡고 통발도 놓고
얼음도 지치고 썰매도 타고

할머니의 외아들 아버지는
일본을 여섯 번 다녀오셨다
농사는 머슴이 짓고 나는 꼴 베고
몇 해 만에 한 번씩 오시면
선호댁 인심 좋다 소문이 자자하고
그때마다 논 문서가 하나씩 줄었다

그때 아직도 가리마 곱던 어머니
삼월 삼짇날 화전놀이 할 때
한 마당 가득 넘치던 원색의 물결

천날만날 일만 하서도
밤에는 내방가사 읽으시더니

서른이 못되어 청상과부 수절하시고
눈망울 초롱초롱 손자 놈 다칠세라
정화수 떠다 놓고 칠성님께 빌었다
가물가물 호롱불 밑에서
긴긴 겨울밤 물레질하시던 할머니
해거름에 나를 부르시던 그 목소리

설날 세배하고 명절날 풍물치고
바쁠 때 품앗이하고 새참 먹고
철 따라 울 너머 오가던 인정
삽짝문 안 닫아도 멍멍이 알아 짖고
내 어린 제 그 마을
멀리 떠나가던 행상의 긴 여운

아득히 흘러간 세월
기억의 등에 불을 밝히면
옛날 그대로 환한데

지금은 아무것도 없는 그곳
집도 논밭도 피붙이도
나는 고향이 없다

—『아직도 나는』(1999, 도서출판 대일)

빛과 어둠

바깥에 어둠이 깔리고
등에 불을 밝히면
빛과 어둠 사이
종이 한 장 차인데

살아서 이승이
죽으면 저승
이승과 저승 사이
목숨의 안팎인데

하루살이 떼
어지럽게 날고
풀벌레 우는 소리

오늘 밤 나는
불빛 환한 방 안에서
종교를 생각해 본다

—『아직도 나는』(1999, 도서출판 대일)

여일餘日

하늘이 맑은 날은 마음도 맑아진다
혼자서 거닐면서 지난날 돌아보니
이만큼 살아온 인생 그지없이 고맙다

힘겹게 살아와도 즐겨서 시를 쓰고
망언妄言이 흠이 될까 분수를 지키면서
평생을 글 읽으면서 청빈하게 살았다

살아온 일흔 고개 살아갈 여든 고개
넘기사 어렵지만 마음은 편안하다
여일은 고종명考終命 말고 더 바라서 뭘 하나

―『아직도 나는』(1999, 도서출판 대일)

150

추념사追念辭 1
― 운명殞命

당신은 새벽마다
108번 절을 했습니다
10년을 꼬박 그렇게 했습니다

여느 때와 다름없이
당신은 거실에서 절하고
나는 방에 누워 있었습니다

어디서 안 듣던 소리가 들리기에
문을 열고 내다봤더니
당신이 엎어져 있었습니다

안 듣던 그 소리가
당신의 숨을 거두는 소린 줄
나중에사 알았습니다

1998년 9월 3일
(무인戊寅 7월 13일)
새벽이었습니다

―『아직도 나는』(1999, 도서출판 대일)

추념사 7
─ 고독孤獨

안개 자욱한 창밖에
발소리 있어
창문 열고 내다보니
아무도 없다

당신이 가고 난 뒤
자주 흐려지는
내 마음의 창
닦아도 얼룩이 안 진다

안개 자욱한 유리창에
어른거리는 그림자
싸늘한 고독이
내 가슴을 적신다

─『아직도 나는』(1999, 도서출판 대일)

추념사 15
― 제행무상諸行無常

날이 가고 달이 가더니
한 해가 저무네요
이제 당신 생각을 잊으렵니다

열반한 당신과
지옥에 갈지도 모르는 내가
다시 만날 수도 기약도 없고

생각인들 오래 머물겠습니까
마음인들 변하지 않겠습니까
달라지지 않는 게 있겠습니까

구태여 잊으려 하지 않아도
시간이 흐르면 절로 잊겠지요
이젠 마음 너그럽게 가지렵니다

―『아직도 나는』(1999, 도서출판 대일)

자연 회귀와 달관의 여로

이 태 수 (시인)

자연 회귀와 달관의 여로

1

올해로 탄신 100주년을 맞은 시인 전상렬全尙烈 (1923~2000)은 평생 대구에서 활동하고, 대구 문단에서 주도적인 역할을 했으며, 자연과의 친화親和나 회귀回 歸, 그 속에서의 소요逍遙를 통해 거의 일관되게 향토색 짙은 서정시를 추구했다. 향토적이고 토속적인 서정은 그의 시를 관류하고 있으며, 그 바탕에는 우리 정서의 뿌리라 할 수 있는 정情과 한恨의 정서가 자리매김해 있 기도 하다.

그는 그 외길을 걸으면서 친자연적인 한국적 정서, 동양적인 정신의 깊이, 불교적 세계관을 끌어안으면서 도 현학적이지 않고 한결같이 겸허하고 진솔한 언어로 완강하리만큼 자신만의 세계를 심화하고 확대했다. 자 연과의 친화나 융화融和를 통해 그 자연 속에서 인간의 운명을 투시하는 자연관을 끌어안고 있는 그의 시는 존재와 시간(세월)의 융화를 꿈꾸는가 하면, 시공관념時空觀念을 뛰어넘는 동시현존성同時現存性을 포용하기도 한다.

1950, 60년대의 시에는 압축과 절제, 이미지와 리듬이 중시되고, 자연에 투사한 내면세계를 떠올리는 관념적 존재 탐구에 무게가 실렸으며, 1970, 80년대에는 그 연장선상에서 한결 심화, 확대된 세계로 나아갔다. 이 무렵의 시는 세월에 대한 보다 본격적인 천착으로 그 흐름 위에 내면을 투사하고, 삶을 관조하는 시선에는 불교적인 세계관을 투영해 달관과 명상, 역사의식이 관류하는 변모를 보이기도 했다.

화려한 수사나 눈길을 끌기 위한 제스처보다는 진솔하고 담백한 언어로 원숙한 경지를 펼쳐 보인 1990년대에는 인생을 그윽한 눈으로 바라보며 자연으로 회귀하는 정서와 향수를 근간으로 달관達觀의 경지를 펼쳐 보였다. 이 시기에는 노경老境의 적막하고 쓸쓸한 심경을 수묵화처럼 담담하게 그려 보이면서도 유유자적悠悠自適하는 여유와 제행무상諸行無常의 질서에 순응하는 경지를 펼쳐 보였다.

1950년 첫 시집 『피리소리』를 출간하고, 1955년 《조선일보》 신춘문예에 시 「오월의 목장으로」가 입선되면서 등단한 그는 그 이듬해 두 번째 시집 『백의제白衣祭』를 냈다. 2000년 작고할 때까지는 『하오 한 시』(1959), 『생성의 의미』(1965), 『신록서정新綠抒情』(1969), 『불로동不

老童』(1971), 『낙동강』(1971), 『생선가게』(1977), 『수묵화水墨畵 연습』(1982), 『세월의 징검다리』(1986), 『시절단장時節斷章』(1990), 『보이지 않는 힘』(1995), 『아직도 나는』(1999) 등 열세 권의 시집을 펴냈다.

시집 외에도 산문집 『시의 생명』, 『바람 부는 마을』, 『동해엽신東海葉信 기타』와 『전상렬 문학선집』, 『목인 전상렬 선생 고희기념문집』, 『시인의 고향』 등을 냈으며, 한국문인협회 대구지회장, 경산문학회 회장, 대구노인문학회 회장 등을 지냈고, 1960년 경북문화상(대구시문화상 전신) 등을 수상했다.

2

전상렬은 초기에는 주로 전통적인 서정시를 썼다. 1950년대에 발간된 초기 시집 『피리 소리』, 『백의제白衣祭』, 『하오 한 시』에는 압축과 절제節制, 이미지와 리듬이 중시되고, 자연과의 친화나 그 회귀, 자연에 빗대어 자신의 내면을 성찰하는 존재 탐구에 무게가 실려 있다. 이 무렵의 시에는 순수와 아름다움에 대한 지향이 두드러지고, 다분히 관념적인 세계 떠올리기에 기울었다. 이 같은 추구는 그 빛깔과 방향이 달라진 후기 시에까지 이어지면서 원숙한 경지에 이르는 바탕이 되기도 했다.

첫 시집 『피리 소리』에 실려 있는 「봄빛」은 그 명제가 이미 시사하고 있듯이 생동하는 이미지들이 넘쳐난다. 단문短文과 간결한 문체, 동심童心과도 같은 맑고 깨끗한 언어들이 탄력을 빚는다.

> 눈을 부빈다
>
> 기지개를 켠다
>
> 하품을 한다
>
> 가물가물 움직인다
>
> 뾰족뾰족 돋는다
>
> 생긋 웃는다
>
> 활짝 핀다
>
> 아아, 봄
>
> 동경, 희망, 연애
>
> 아름다운 꿈을 싣고 오는 수줍고 순결한
>
> 처녀
>
> 굳세고 씩씩한
>
> 청년
>
> ─「봄빛」 전문

잠에서 막 깨어나 뾰족뾰족 돋고, 생긋 웃으며, 활짝 피어나는 봄의 생명력을 노래하는 이 시는 동경이나 희망, 연애가 거느리는 이미지들을 마지막에 이르러서는

"수줍고 순결한/처녀", "굳세고 씩씩한/청년"의 대비로 응축시켜 떠올린다. 발랄하고 순수한 새 생명력에 대한 경이감의 아름다운 떠올림이며, 그 친화력 돋우기에 다름 아닌 듯도 하다.

두 번째 시집 『백의제白衣祭』에 실린 작품들은 잦은 줄 갈이로 시적 긴장감을 고조시키면서 전통적인 정한情恨의 정서를 동심에 투영시키는 맑고 투명한 언어들을 길어 올리는 한편으로는 가정과 가족에 대한 사랑과 연민이 작품의 도처에 등장한다.

> 문풍지가 울면
> 죄없이 떨리는 밤
>
> 담요를 몇 번이나 다독거리곤
> 어린 목숨 위에 손을 모으면
> 더 없는 얼굴이 하도 고와
> 정작 서러운 가슴
>
> 헌 옷가지 꿰매는 질화로 속에
> 아내의 알뜰한 믿음이 피어나고
>
> ─「천륜天倫」부분

시인은 허무의 실체에 대한 인식과 수용을 통해 허무

와 허망까지도 저주하거나 거부하지 않고 '알뜰한 믿음'
으로 받아들인다. 허무의 실체에 대한 탐사 못잖게 그는
백의사상白衣思想을 시의 바탕에 은은하게 깔아 놓는다.

> 출세의 면허장이 없습니다
> 그저 소박한 가족을 싣고
> 인생의 거리를 돌아가는
> 서투른 운전수올시다
>
> 문명의 이기가 아니올시다
> 초라한 초가삼간의
> 나는 맏아들이올시다
>
> 약속과 독촉을 강요하는
> 경쟁이 끝나는 날
> 새까만 지도 그 어느 좌표에
> 나의 무덤은 기다리는 것입니다
>
> ─「맏아들」부분

시인은 이같이 떨쳐 버릴 수 없는 숙명宿命에 겸허하
게 순응한다. 이 시가 보여 주고 있듯이 "그저 소박한
가족을 싣고/인생의 거리를 돌아가는/서투른 운전수"
라고 자신을 낮추면서 "새까만 지도地圖 그 어느 좌표에

/ 나의 무덤을 기다리는" 체념에 젖기도 하지만, 그 체념은 단순한 체념이 아니다. 문학은 물론 삶에 있어서도 분수와 자제를 통해 축소 지향적이거나 비우기로서의 자기실현으로 길을 찾는다. 그 자기실현은 슬픔 속에서도 위안을, 절망 속에서도 구원을, 무산無産 속에서도 자구自救와 자족自足을 저버리지 않는 미덕 때문으로 보인다.

세 번째 시집『하오 한 시』에 실린「오월은 나에게」는 존재 탐구에 무게를 싣고 있지만, 자연이나 사물을 자아화自我化하기보다는 묘사에 충실하려 하는 점이 특징이다. 이 때문에 이 시는 섬세한 감수성으로 자연의 이치理致나 섭리攝理를 부각시키면서도 궁극적으로는 존재 탐구로 나아가는 양상으로 읽히게 한다.

1
햇살이 쏟아진다
간들어지게 웃어대는 아침을 가면
장미는 장미색으로 모란은 모란색으로
감나무는 감나무대로 우쭐거리고
나생이 꽃이며 클로버가 깔린 언덕길에 서서
이리도 푸른 하늘을 우러러 내가 산다

162

2
바람이 실어오는 향기 푸른 향기
보리 물결, 꽃냄새
그대와 더불어 숲으로 가자
—「오월은 나에게」 부분

　여기서 "이리도 푸른 하늘을 우러러 내가 산다"는 표현은 자연과의 친화, 자연 섭리에 대한 외경심畏敬心의 발로라 할 수 있다. 그래서 "소근대는 소리 잎사귀 소리/그들이 주는 고요에서 사랑하는 사람아/마구 떨어져 가는 꽃보라를 생각하다"라는 안타까움이 정치하게 그려지는가 하면, 강변 금모래 위의 발자국은 이내 지워지겠지만 다음과 같이 아름다운 마음의 그림을 그려 보이게 한다.

끝없이 흘러가는 물 위에 이는 구름
한없이 돌아가고 한없이 솟아나는
비밀, 목숨의 비밀을 듣자
—「오월은 나에게」 부분

　이 같은 자연에의 친화나 그 섭리와 질서를 향한 사랑과 연민, 생명에 대한 신비감과 가까이 다가가기는 그 깊이를 들여다보려는 시인의 마음자리를 내비쳐 보인다.

전상렬의 초기 시들은 이같이 자연과의 친화, 그 섭리와 질서의 관찰, 그 속에 숨어 있는 생명의 신비神秘에 대한 외경심, 진실 추구 등에 주어져 있다. 하지만 그 바깥을 섬세한 감수성과 서정적인 언어로 감싸면서 압축과 절제의 미학, 이미지의 자연스러운 흐름과 언어에 음악성을 부여하기도 했다.

왕성한 창작으로 연륜이 더해 갈수록 그의 시는 무르익는다. 급격한 방향 전환을 자세하면서 자연에서 인간으로, 그것도 더불어 살아가는 사람들 틈바구니의 일상으로, 일상에서 그 한계를 완만하게 뛰어넘으려는 견자見者로서의 길 트기로 나아가는 모습을 함께 보여 준다. 이 무렵부터 관념적인 요소들이 다소 가라앉는 대신 자연이나 사물에 대한 구체성 찾기와 삶의 애환 돋우어내기, 그 속에서의 소요로 발걸음을 옮기는 변모가 뚜렷해진다.

삶의 안켠을 들여다보면서 자신과 가장 가깝게 더불어 있는 아내, 가족 등에 대한 관심과 연민, 은은한 사랑의 드러냄으로 옮겨가기도 한다. 네 번째 시집『생성의 의미』에는 그런 시편들이 두드러져 보인다.

분재를 어르고 마음을 달래기엔
아직도 새파란 나이인데

양지에서 새 흙 갈아 넣으면서
참, 거짓이 없는 그것들의 숨소리 듣는다.

꽃씨를 뿌려도 흐리멍덩 피지 않는
고장에 살아와도 고향이 없어
메마른 가슴팍 굵은 모래밭에
언제나 가시 돋친 선인장을 가꾸어왔다.

세월아 바람을 몰고 흙을 날라다 주렴
꽃나무를 가꿀 한 치 땅이 없구나.
묵은 등걸에도 새 움 돋는데
색깔이 많은 우리 정원을 마련해 다오.

또 어디론가 훌쩍 가야 할 철새 살이
나는 사보텐을 소중히 여기고
아내는 설매雪梅와 풍란과
석류나무와 백일홍을 더 아낀다.

큰 아이는 진달래 세포를 만지작거리고
둘째, 셋째 놈은 열심히 분盆을 나르고
막내 딸년은
"엄마, 나비 봐" 한다.

—「봄·가족」전문

봄을 맞으면서 화분 갈이를 하는 가족을 그린 이 시에는 자연에서 터득하는 겸허함, 생명의 질서, 자연의 순리 등이 선명하게 떠올라 있다. 자연에의 경외나 경건한 삶의 자세로서의 긍정적 세계관이 드러나면서도 현실을 긍정적으로만 인식하지는 않는 점도 간과할 수 없게 한다. 오히려 현실의 비애를 "꽃나무를 가꿀 한 치의 땅이 없이", "어디론가 훌쩍 가야 할 철새 살이"와 같은 자기성찰로 방향을 바꾼다. 이는 시인의 삶에 대한 태도에 다름 아니다. 역시 일상적인 삶에 대한 관심과 사랑에서 비롯되고 있음은 두말할 나위가 없다. 이 시가 아름답고 진실한 모습으로 다가오는 것도 그 때문이다.

다섯 번째 시집『신록서정新綠序情』에 담겨 있는 작품들은 더 나은 세계에 대한 열망을 끌어안고 있으며, 그 열망의 언어가 '먼 데서 부르는 종소리'와 같은 양상으로 떠오른다. 더 나아가서는 생명력에 불을 지피거나 사랑이 충만한 세계에의 꿈으로 발돋움하기에 이른다. 표제작은 분재를 바라보는 미시적인 시각을 거시적으로 전이轉移시키면서 자연의 싱싱한 생명력을 향유하는 비약적 상상력을 보이기도 한다.

　　겨우 내 방 안에 심어 둔
　　고목 분재를

양지에 날라다 놓으면

우리 집은 신록의 산장이다.

　　　　　　　　　　　　　　―「신록서정新綠序情」부분

　이 시집에 드러나는 시인의 구도자적求道者的 지향은 그 이전의 시편들과 동떨어져 있는 건 아니다. 시「봄·가족」에서의 "한없이 솟아나는 목숨의 비밀"과 연결돼 있고, 한참 뒤에는 잃어버렸지만 그리움의 대상이 되고 있는 유년 시절에의 향수로 번져나가기도 한다. 다시 말해 그의 중기 작품들은 완만한 변화와 원숙성이 눈에 띄는 시적 성취에 닿고 있음에도 일관성이라는 덕목을 유지하고 있으며, 그 성실한 발걸음에 대한 믿음까지 포괄한다고 볼 수 있다.

3

　1970년대로 들어서면서는『불로동不老童』,『낙동강』,『생선가게』등의 시집을 통해 초기 시들보다 한결 깊어진 세계를 보여 준다. 세월에 대한 보다 본격적인 천착穿鑿, 그 흐름 위에 포개어 놓은 내면 의식, 삶을 관조하는 시선의 깊이와 불교적인 세계관, 이들이 어우러져 빚어내는 달관達觀과 명상, 역사에 대한 눈뜸과 그런 의

식의 관류 등이 그것이다.

> 태양은 부지런히
> 창문을 여닫고
> 손주며느리가 아기를 낳고
> 은실 머리 고운 안방에는
> 꽃 시절 그때 그냥
> 불로동不老童이 살고
> 구름이 머물다 간
> 하늘 멀리 그 세월 밖에
> 내가 묻힐 때까지
>
> ─「불로동不老童」 부분

> 염불암念佛岩 가는 길에
> 염불암念佛庵 들렀더니
> 석불石佛은 눈감고
> 석탑石塔도 잠들고
> 산은 낙목落木에 가려 안보이고
> 산에 와 있는 줄도 모르고
>
> ─「염불암念佛庵」 부분

이 두 작품에 나타나는 시간은 일상적 시간에 비추어 보면 마치 정지된 것처럼 보인다. 「불로동不老童」의 화

168

자는 '손주며느리'로 미루어 노인 같지만 '꽃 시절'의 '불로동不老童'으로 그려져 있다. "석불石佛도 눈 감고/석탑石塔도 잠든" 불교적 시간에 비추어 보면 지난날이 '산에 와 있는 줄도 모르'는, 자각하지 못한 세속적 삶이다. 여기서의 시간은 현상적인 시간이라기보다 내면적이며 근원적인 본래적 시간이다.

시집 『불로동不老童』의 작품들은 이같이 세월이나 인생을 바라보는 시선이 너그럽고 모든 것을 끌어안으려는 관용의 빛깔을 띠고 있으며, 죽음까지도 순응하는 달관의 경지에 닿아 있다. 세속적인 삶을 초월, 차원 높은 정신세계에 들어 유유자적悠悠自適하는 불교적인 세계관과 초월적超越的 명상에 길을 트고 있기 때문일 것이다.

일곱 번째 시집 『낙동강』에서는 빛깔이 다른 시편들을 통해 다소 격앙된 목소리로 세상을 향해 준엄한 비판의 화살을 날리는 면모가 드러난다.

민주의 나라 서울에 도둑놈촌 나으리들
생각하는가? 목숨의 조건을.
　　　　　　　　　　　　　—「나으리」 부분

시인은 이처럼 과격할 정도로 탐관오리貪官汚吏들에게 준열한 비판과 비난을 쏟아부으며 각성을 촉구한다.

피폐한 현실을 바라보면서는 절망에 빠지고, 그 전망 부재의 상황에서 기적을 바란다는 역설을 퍼붓기도 한다. 그래서 그럴까. 역으로 낙동강이 품었던 역사적인 인물들을 떠올리며 회한悔恨에 젖고 기리며 칭송하기에 이른다.

> 산천은 의구한데 인걸人傑은 간 데 없고
> 산천은 의구한데 역사는 꿈이러니
> 두 임금 마다하고 벼슬을 버리고
> 두 마음 옳지 않다 채미정 숨더니
> 금까마귀 날개 치는 금오산金烏山 자락
> 낙동강 출렁대는 물결 기슭에
> 야은冶隱 선생 그 말씀 살아계시네
> ―「산천은 의구한데」 전문

야은 길재吉再를 기리는 이 시를 비롯해 신숭겸申崇謙 장군을 우러르는 「파군破軍재」, 절개를 지키다 구족九族까지 멸절돼 후손조차 없는 단계丹溪의 기개를 노래한 「무후無後」, 귀양살이하다 고향으로 돌아와 산과 강에서 노닐며 '어부사漁父詞' 남긴 농암聾巖을 기리는 「귀머거리 바위」 등이 그 예들이다. 또한 안동 하회마을의 '하회탈 신굿놀이'의 연원을 부각시킨 「탈춤」, 상주 함창의 민요 '연밥 따는 노래'에 착안한 「연밥 따는 처녀」도 시인의 역사의식과 연계돼 있음은 물론이다.

　여덟 번째 시집『생선가게』에는 세속에서도 맑고 아름다운 세계, 순결하고 따뜻하고 신비한 세계를 바라보고 지향하는 모습이 두드러져 있다. 시인은 생선가게에서 "먼바다의 드높은 물결 소리"를 들을 뿐 아니라 바다를 유영하던 물고기의 "싱싱한 살냄새"를 맡기도 하고 그 생선들을 통해 먼 신의 나라의 새벽 종소리를 불러 들이기까지 한다.

　먼바다의 드높은 물결 소리
　아직도 싱싱한 살냄새 풍기는
　생선가게에서

　(중략)

　저쪽 어디메 신의 나라
　비슷한 영혼을 물색하는
　새벽 종소리
　　　　　　　　　　　—「생선가게」부분

　그의 감수성은 수수하면서도 섬세한 결을 지니고 있다. 자연과 사물을 들여다보는 섬세한 감각과 촘촘한 감수성도 아름답다. 언어 감각 역시 그렇다. 바닷가에서 고조되는 그의 서정적 자아는 바다 속과 그 위의 우주 공간의 광대무변廣大無邊한 넓이와 높이에도 불구하고 작고 나직한 신경의 올과 목소리에 의해 선택되고 집중된다. 그 세계는 마치 한 폭의 물기 촉촉한 수묵화를 연상케도 한다.

전상렬은 1980년대에 들어서도 꾸준한 활동을 펼치면서 시집 『수묵화水墨畫 연습』과 『세월의 징검다리』를 잇달아 발간했다. 이 시집들에는 다시 격앙된 목소리나 비판적인 시각에서 물러서는 대신 마치 동양화의 여백餘白처럼 비움과 '말 없는 말'의 미덕과 관조적인 시선으로 원숙한 서정을 담담하게 노래한 시편들이 주류를 이루고 있다.

그 이전과 다르게 산문시를 보여 주기도 하는 아홉 번째 시집 『수묵화 연습』에는 그 명제가 이미 암시하고 있듯이, "인생의 여백에/시화詩畫로"(『수묵화 연습』) 가꾸는 모습을 드러내며, 자연과 사물을 너그럽게 바라보며 끌어안는 관조의 경지가 수묵화처럼 담백하게 스며 있다.

산을 뚫고 쏟아지는
폭포를 그릴 때는
물줄기 소리도 들린다

(중략)

172

장강長江의 하류에는

노을 속에 물든 마을

인정도 그린다

　　　　　　　　　　　　　　　　　―「수묵화 연습」부분

　그의 이 같은 모습은 시류나 유행과는 상관없이 부단히 자신만의 오솔길을 걸어가는 서정시인의 한 본보기가 아닐 수 없다.

　한편 열 번째 시집『세월의 징검다리』는 동양적 지혜의 산물인 절후 시편들을 집중적으로 담고 있어 독특한 정서를 떠올린다. '입춘立春'에서 '대한大寒'까지의 절후를 빠뜨림 없이 망라해 그 느낌의 무늬들을 아로새긴 시편들은 그만의 특유의 공든 탑이며, 잔잔하고 은은한 정서적 울림들은 이 시인의 남다른 계절 감각을 맛보게도 한다.

바람은 소소리 바람

매화가 눈을 부비고

산수유가 기지개를 켠다

(중략)

가물거리는 몸짓이
새근거리는 숨결이

일제히 일어서는
얼굴, 이름들
초롱초롱 빛나는 목숨들이여

—「경칩驚蟄」부분

이 시집의 시는 경칩을 묘사하는 이 시와 같이 일상
적인 사물과 풍정들을 끌어들이면서 동심과도 같은 해
맑은 정서를 길어 올려 보인다.

4

전상렬은 만년에 이르도록 지칠 줄 모르는 시적 열정
을 부드러움과 너그러움으로 감싸 안으며 그 성취를 열
망하면서도 허명虛名과는 담을 쌓기도 했다. 화려한 수
사나 눈길을 끌기 위한 제스처를 보이는 경우도 없이 자
신의 세계를 묵묵히 심화하고 확대하는 길만 걸었다. 그
래서 그는 1990년대 이후 절정에 이르렀는지도 모른다.
노년의 심경을 수묵화처럼 담담하게 그려 보인 열
한 번째 시집『시절단장時節斷章』은 원숙한 시정신과 인

생을 그윽한 눈으로 바라보는 달관의 경지를 격조 높게 떠올린다. 그의 작품들은 대부분 까다로운 문맥이나 그런 기법을 넘어서서 쉽고 순탄한 울림을 진솔하게 드러내지만, 쉽고 은은하게 다가오면서도 높은 경지에 다다르고 있어 '무기교의 기교'를 감지하게 한다. 이 때문에 빙산처럼 가라앉아 있는 부분이 보이는 부분보다 훨씬 큰 비중을 차지하고 있다는 느낌도 들게 한다.

　　가없이 너른 공간의 질서 속에
　　하나의 목숨으로 왔다가
　　시작도 끝도 없는 시간 속으로
　　절로 사라져가는 것인데

　　여기 송림리 앞산
　　동동남 양지 바른 언덕에
　　내 신후身後의 땅 마련해 두고
　　영영 다시는 하산할 수 없는
　　어느 날의 나를 생각해 본다

　　발이 빠른 겨울 햇살은
　　들머리에 산그늘이 내려서고
　　돌아서는 마실 앞 거랑 둑 고목에
　　어디서 까치 한 마리 날아와

노를 젓는다

─「신후지지身後之地」전문

사후死後에 돌아갈 땅을 마련하고 난 뒤 '어느 날' 그
곳에 묻힐 자신을 처연하게 떠올려보는 이 시에서처럼
이 시집에는 인생무상人生無常과 허무의 그림자들이 어
른거리고, 자연의 질서(순리)와 자신의 삶을 겸허하게
바라보는 관조의 세계가 번져 흐른다. 무위자연無爲自然
과 자연에의 회귀 의식, 인생을 청빈하게 살아가는 현
대판 선비의 면모와 넉넉한 여유가 주요 덕목들이 아닐
수 없다.

형이상학形而上學을 지향하는 정신주의, 귀수본능歸巢
本能이 돋우어내는 고향과 뿌리에로의 되돌아감, 향수
와 추억의 아름다운 반추와 순진무구한 세계에의 동경,
토속적인 정서와 향토적인 서정 등이 돋보이는 것도 그
때문이다. 이 시집의 자서自序에서 그가 토로하고 있는
말들은 설득력을 가지며, 그의 시를 이해하는 요체가
되어 주기도 한다.

이 길에 들어선 지 40년, 나는 자연을 사랑하고 생명을 소중히 여
기는 정신을 바탕으로 향토적인 소재에 눈을 돌려 사물의 본질을 직
시하고 밀도 있는 언어에 힘써 왔다. 남은 햇살이 짧을수록 그리움
은 과거의 시간 속으로 배회하고 인간 본연의 귀소성은 아득한 고향

176

에로 돌아가게 한다.

　「늘그막에」라는 작품에서는 "일상日常의 밥상머리에/
아직도 내 수저가 놓여 있음"을 다행스럽게 생각한다.
이어서 "낮에는 고금古今을 뒤적이다가/수묵水墨 번지는
연습을 하다가/개울물 산조散調 따라 혼자 거닐고" 있
는, 가진 것이 없어도 이마가 푸른, 현대판 선비의 모습
을 떠올리고 있다.
　그러나 소멸에의 덧없음을 노래하기도 한다. 「저무
는 풍경風景」에서는 "어둠살이 끼듯 그렇게/한 시대의
노인도 가는 것을" 스스로 들여다보고 있으며, 「귀로歸
路」에서는 "서산머리 꽃구름도 사라지고/수묵水墨 번지
는 모롱이를 돌면서 아쉬운 손을 흔"드는가 하면, "아주
멀어져버린 원경遠景 속에/가면 다시 못 올 날을 생각해
본다"는 허무와도 만난다.

　　내 작은 소망은

　　집 한 채 장만하는 일이다

　　뒤에는 산, 앞에는 시내,

　　흙으로 벽돌 디디고

　　지붕은 새로 이이고,

　　울은 나지막하게 치고

　　삽짝은 그냥 열어두고

177

인도보석人道步石 그 밖에는

꽃나무와 텃밭 가꾸고

세간은 이대로 족하다

―「소망所望」부분

라고 낮은 목소리로 읊조리고 있다. 하지만 그 소망도 다시 무위로 돌려버리고 만다. "명命대로 살다가/빈손으로 가는 건데,/집인들 다 두고 가는 건/한 번 해 본 소리지"라는 것이다. 다만 시에 대해서만은 그 사정이 다를 뿐이다.

살아생전에

가슴에서 가슴으로 전하는

시 한 편 쓰고 싶다

가슴에서 가슴으로 전하는

그런 최상의 것 말고라도

활자의 언어들이 가슴에 들끓는

그런 시 한 편 쓰고 싶다

그도 저도 아니면

여일餘日이여

차가운 돌 속에 피가 스며

178

먼 날의 목숨으로 살아남을

그런 시 한 편 쓰고 싶다

―「생전生前에」 전문

　이 작품이 말해 주듯이, 그는 모든 미련을 다 떨구거나 뛰어넘지만, 시에 대해서만은 경우가 다르다. 점진법漸進法의 반대쪽으로 열망을 풀어 내리고 있기는 하지만 그는 "가슴에서 가슴으로 전하는/시 한 편 쓰고 싶다"는 열망을 부둥켜안는다.

　그에게는 그 세상에서의 부귀영화도, 세속적인 명리도 귀하지 않지만 '가슴에서 가슴으로 전하는 시'는 지상과제가 아닐 수 없었다. 하지만 그는 그러면서도 한결같이 과욕은 삼갔다. 그런 시를 빚지 못한다면 "활자의 언어들이 가슴에 들끓는 그런 시"를, 그렇지도 못할 때는 "차가운 돌 속에 피나 스며/먼 날의 목숨으로 살아남을 그런 시"라도 쓰게 되기를 갈망했다.

　그의 시세계는 이처럼 언젠가 자연으로 돌아갈 날을 담담하게 관조觀照하면서 자연과의 친화나 융화(일치)하려는 정서 공간들을 아름답게 떠올려 보인다. "가슴에서 가슴으로 전하는 시 한 편"을 쓰는 것이 지상과제이며, "집 한 채 장만하는" 작은 소망마저 무위로 돌리고 마는 달관의 경지가 아닐 수 없다. 자연회귀의 동양사상을 뿌리로, 불심을 그 가지로 거느리면서 노자老子와 장자莊子풍의 유유자적한 정신의 풍속도를 수묵의 은은한 농담濃淡으로 그려 보인다고 할 수 있다.

그의 시세계는 다른 한편으로 향수, 또는 귀소본능 쪽으로 열리면서 잃어버린 날들을 아름답게 되살려 놓기도 한다. 토속적인 정서와 향토적인 서정이 두드러지는 그의 일련의 시들은 단순한 추억의 미학에서 빚어진 것이 아니라 그 차원을 훨씬 넘어서 있는 인간의 본향本鄕을 제시하는 것으로도 읽히게 한다.

그는 순진무구하고 인간 냄새가 물씬한 삶의 원형을 보여 주기도 한다. 「엿장수 가위 소리」에서는 헌 고무신, 몽당 숟가락, 삼베 헝겊으로 엿을 사먹던 조무래기들을, 「소년少年」에서는 "새 떼도 쫓고 메뚜기도 잡고/감피리 호박잎에 싸서 구워 먹고/밤에는 물꼬에 통발도 놓"던 시절을 되살려 놓고 있다. 또한 그의 추억의 공간에도 이런 삽화도 끼어든다. 그런가 하면, 전원田園의 사계를 꿈결처럼 퍼덕이는 심상 풍경들로 펼쳐낸다.

봄이 오면
뒷동산 된비알에 참꽃 피고
앞 냇가 버들 숲에 호드기 소리

여름철에는
원두막에서 낮잠 자고

여울목에서 버들치 후리고

가을에는
콩서리 모닥불에 구워 먹고
소죽 솥에 군불 지피고

겨울밤에는
초당 방에서 고담 읽고
참새 잡아 볶고 지지고   —「초당草堂」부분

 그의 기억의 공간에는 '할매의 약손'이 들어앉아 있
고, 할머니의 '목소리'가 끼니때마다 "함지박에 무럭무
럭 강냉이 삶아 놓고/놋양푼 가득히 범벅 쑤어 놓고" 부
르던 소리로 남아 있다. 할머니의 "풀 먹인 삼베 고장바
지 스치는 소리"가 그리움으로 자리 잡고 있기도 하다.
 전상렬의 시는 수묵의 농담으로 감정의 움직임이나
느낌까지도 섬세하게 형상화하는 수묵화를 연상케 한
다. 간헐적으로 끼어드는 담채淡彩는 고졸古拙하고 단아
端雅한 분위기에 탄력을 부여한다. 쉽고 순탄한 구문 속
에 자연과 자신의 삶을 겸허하게 바라보는 '관조의 눈'
과 '너그러움'이 시 속에 흐르고 있다.
 고희를 넘기고 냈던 열두 번째 시집『보이지 않는
힘』은 그 이전까지 추구해 오던 세계를 더욱 심화시키

면서 깨달음과 바라봄, 그 느낌의 오솔길들을 열어 보인다. 『시절단장』보다 심화되고, 새로운 경지에 이르려는 길 트기의 모습도 두드러진다.

시인은 이 시집의 앞부분에서 '보이지 않는 힘'의 위대함을 집중적으로 노래했다. 나머지 시편들에서는 '산다는 것'과 '늙는다는 것'의 의미를 담담하고 서늘하게 반추反芻한다. 인간의 영원한 품안으로서의 자연과 그 속의 현실을 바라보는 눈과 마음이 적막하고 쓸쓸하면서도 은은한 격조의 울림들을 빚는다.

햇살 가득한 뜰에
꽃을 가꾸던 손이
가지 끝에 남은 잎새를
하나둘 떨구고 있다
목숨으로 있게 하는 그
뒤에 숨은 힘이 있듯이
거두어 가는 손길 그
뒤에 돋게 하는 뜻이 있다
어린 눈으로 보면
허무하지만
새봄에 새 움 돋게 하는 건
거룩한 다스림 아닌가   ─「보이지 않는 힘」 전문

자연은 목숨을 있게 하고, 거두어 가기도 한다. 시인은 눈에 가깝게 보이지는 않지만, 사물을 있게 하고 소멸하게 하는 힘이 자연에 있고, 나아가 신神의 의지 속에 계획되어 있다고 믿는다. 생성과 소멸은 별개의 것이 아니라 연결고리에 꿰어 있다고 본다. 우주 질서나 자연의 순환 원리循環原理(또는 불교의 윤회輪廻)와 그 뜻을 '거룩한 다스림'으로 받아들이기도 한다. 그래서 '꽃을 가꾸던 손'이 역시 '잎새를 떨구고 있다'고 서술하며, 다시 "거두는 손길 그/뒤에 돋게 하는 뜻이 있다"고도 묘사한다.

　그렇다면 시인은 오로지 이 같은 '자연에의 순응'이나 '우주 질서에의 회귀', 또는 '윤회에의 실림'에 몸과 마음을 맡기고, 그런 '허무'에 탐닉하기만 할까. 그렇지는 않다. 「시력」에서 그는 "민들레 꽃씨가 날아가는/하얀 숨결"도 보고 있으며,

개울가에 앉았노라면
흘러가는 세월도 보이고
칠십 고개를 넘으면서
안으로 시력이 열린다
ㅡ「시력視力」부분

고도 한다. 시인은 드디어 높고 깊은 '마음의 눈'을 뜨

고, 우리를 그 경지로 적이 끌어당긴다. 현상 뒤에 숨어 있는 '실재'를 '마음의 눈'으로 느끼고 보게 된다. 자연 앞에서는 겸허하면서도, 궁극적으로는 자연과 하나가 되고, 그와 같은 차원에 이르려는 정신의 움직임들을 드러낸다. 하지만, 때로는 담담하게 '일상인으로서의 인간'의 자리에 앉아 자신을 들여다보며 적막한 심상 풍경을 떠올린다.

> 간밤에도 깊이 잠들었고
> 오늘도 시를 생각하는 마음 있으니
> 내 복이 이만하면 넉넉하지 않은가
>
> ―「행복론」 부분

일상인으로서의 애환을 꾸밈없이 드러내면서도 유유자적하는 여유를 잃지 않는 점은 그의 남다른 미덕이다. 작은 일에도 고마움과 행복을 느낀다든지, 세속적인 욕망의 굴레를 벗어나 마음을 비운 채 인생을 서늘하게 바라보려 하는 긍정적 시각은 어느 작품에도 물길처럼 흐르고 있기 때문이다.

인생의 황혼黃昏에 이르면 누구나 남은 시간이 아쉽기 마련이다. "때가 되면 가야 한다"는 담담한 심경心境에 젖어드는 것도 당연지사다. 하지만 시인은 늙는다는 사실에 대한 아쉬움을 진솔하게 드러낼 때도 있지만,

그런 상념想念은 어리석음 탓이라고 돌려 버린다. 하지만 노경에 이른 시인은 회한 없는 삶을

> 새벽을 열고 숲속을 거닐다가
> 돌아와 읽고 싶은 책 읽고
> 찾아오는 이 있으면 술잔 기울이고
>
> 남들이 보면 먹고 노는 것 같지만
> 생각은 언제나 본질을 살피고
> 가슴속 뜨거운 곳에서 시를 찾는다
>
> —「자족自足」부분

라고 자족한다. 빈 듯 그윽하게, 그러면서도 '끝없는 꿈꾸기'에 다름 아닌 시에의 열정을 시사하기도 한다. 또한 일련의 작품에서 때로는 역설逆說이, 때로는 해학諧謔이 전면으로 튀어 오르기도 하지만, 현상보다는 본질을 더욱 중시하는 '시인의 심성'이 반영되고 있기 때문일 것이다.

  그가 마지막으로 발간했던 열세 번째 시집『아직도 나는』에는, 다가오는 죽음을 예감이라도 하듯이, 죽음과 관련된 작품들이 적지 않다. 이 시집의 표제작이기도 한「아직도 나는」연작과 부인을 먼저 떠나보낸 아픔을 그리고 있는「추념사追念詞」연작이 그것이다.

날이 가고 달이 가더니
한 해가 저무네요
이제 당신 생각을 잊으렵니다

열반한 당신과
지옥에 갈지도 모르는 내가
다시 만날 수도 기약도 없고

생각인들 오래 머물겠습니까
마음인들 변하지 않겠습니까
달라지지 않는 게 있겠습니까

구태여 잊으려 하지 않아도
시간이 흐르면 절로 잊겠지요
이젠 마음 너그럽게 가지렵니다
　　　　　　—「추념사 15—제행무상諸行無常」 전문

　부인이 먼저 떠난 아픔을 처연하게 노래하고 있는
이 시는 부제가 말하고 있는 바로 그 제행무상의 진리
에 마음을 싣고 있다. 모든 건 끊임없이 바뀌므로, 그 진
리에 따르면서 달관의 경지에 들고 있다고나 할까. 아
무튼 그런 처연하지만 너그러운 마음에의 지향이 두드

러지는 시다. 그러나 그도 어쩔 수 없이 인간이므로 "창가에 앉아/운잉雲仍의 꽃밭 생각"(「꽃 이야기」)하게 되기도 하지 않을까.

> 내 생일에서 이만큼 흘러온
>
> 세월의 강변에 흩어진 추억은
>
> 저녁노을에 곱게 물들고
>
> 여기가 어디쯤인지
>
> 어렴풋이 짐작이 가지만
>
> 포구浦口에서 갈아탈 배가
>
> 어디로 가는지
>
> 아직도 나는 그걸 모른다
>
> ──「아직도 나는」부분

그럴 것이다. 그럼에도 불구하고, 시인은 여전히 "포구에서 갈아탈 배가/어디로 가는지/아직도 나는 그걸 모른다"고 할 수밖에 없지 않겠는가.

전상렬은 시를 온몸으로 썼기 때문에 향토에 대한 애착, 성실한 삶의 자세, 생의 찬미를 흐트러짐 없이 일관성 있게 견지해 온 것 같다. 일상적인 삶 속에서 끊임없이 시를 빚고, 그 안에서 삶을 가꾸는 게 그의 문학적 생애였으며, 그런 생애가 바로 문학으로 이어졌다는 점에서 그의 시세계가 더욱 돋보인다.

187

강 따라 물이 흐르고
물 따라 강이 흐른다.

물 흐르듯 흐르는 세월 기슭에
저만치 고목이 서 있고
바람 따라 세월이 가고
세월 따라 바람이 흐른다.

넘어 치는 강바람에
잎은 물나부리로 출렁거렸고
세월에 발돋움했지마는
애 말라 속이 썩은 둥치

원으로 겹겹 파묻져가는 나이에
안으로 묵묵 인고忍苦가 그대로 긴 사연이고
하늘은 온갖 모양으로 바뀌어도
바다로 가는 마음이 그대로 그것 아닌가.

안개와 구름과
하늘빛 물색
강물은 저렇게 흐르는 것이고
고목은 저만치 서서만 있고

바람 따라 세월이 가고

세월 따라 바람이 흐른다.

—「고목과 강물」 전문

전상렬의 대표작 중 하나로, 2004년 겨울에 세워진 대구 월광수변공원의 시비에 새겨져 있는 이 시를 읽으면서 그의 시에 대한 여운을 남겨 두고자 한다.

- 1923년 대구 출생, 아호 목인牧人
- 불교전문강원 과정 수료(1945)
- 조선일보 신춘문예에 시 「오월의 목장으로」 입선(1955)
- 경북문화상(문학 부문) 수상(1960)
- 한국문인협회 대구직할시지부장(1988~91) 역임
- 중등학교 교장 역임
- 시집『피리 소리』(1950),『백의제白衣祭』(1956),『하오 한 시』(1959),『생성의 의미』(1965),『신록서정新綠序情』(1969),『불로동不老童』(1971),『낙동강』(1971),『생선가게』(1977),『수묵화水墨畵 연습』(1982),『세월의 징검다리』(1986),『시절단장時節斷章』(1990),『보이지 않는 힘』(1995),『아직도 나는』(1999)
- 산문집『시의 생명』(1960),『바람 부는 마을』(1966),『동해엽신
- 기타』(1972),『전상렬 문학선집』(1983),『목인 전상렬 고희기념문집』(1992)
- 편저『시인의 고향』(1990)
- 2000년 10월 21일 향년 78세로 영면(유택 경북 청도군 운문면 봉하리)

* 대구 월광수변공원 「고목과 강물」 시비 건립
* 대구 범어공원 「들국화」 시비 건립

바람 따라 세월 따라
전상렬 시선집

발행일
초판 1쇄   2023년 4월 3일

지은이   ● 전상렬
펴낸이   ● 김종해
펴낸곳   ● 문학세계사
출판등록   ● 1979. 5. 16. 제21-108호

주소   ● 서울시 마포구 신수로 59-1(04087)
대표전화   ● 02-702-1800
팩스   ● 02-702-0084
이메일   ● mail@msp21.co.kr
홈페이지   ● www.msp21.co.kr

값 13,000원
ⓒ 전상렬, 2023
ISBN 979-11-93001-02-8